애정과 망상의 세계에
어서 오세요!

권혜영

애정망상

권혜영 소설

애정망상

차례

애정망상   7

작업 일기 : 지금은 없는 달달함을 위하여   107

애정망상

의사가 내 귀에서 꺼낸 것은 콩알만 한 크기의 검은 덩어리였다. 육안으로 확인했을 때 그것은 끈끈한 점성을 띠는 것처럼 보였다. 의사는 문제의 덩어리를 거즈 위에 올려놓고 관찰했다.

진료실 안은 조용했다. 검은 덩어리만이 존재감을 드러내고 있었다. 나는 귀에서 나온 전리품을 손에 넣고 싶었다. 달라고 하면 주려나? 직접 만져 냄새 맡고 싶은 충동을 참으며 의사에게 물었다.

"낭종인가요?"

의사는 핀셋으로 덩어리를 짓이기면서 대답했다.

"이것은 귀지입니다."

귀지를 제거하지 않고 살면 피지 분비물과 때가 거대하게 뭉쳐 시커메질 수도 있다고 의사는 설명했다. 더러운 인간아, 귀 청소 좀 하고 살아라. 의사가 나를 향해 그렇게 말하는 것 같았다. 수치심에 젖어 눈길을 피했지만……. 의사는 모를 것이다. 나는 남자친구에게 매일 귀 청소 봉사를 받으면서 살고 있다.

귀중한 반차까지 써서 방문한 병원이었건만. 귀지가 거대하다느니 시커멓다느니 시답잖은 소리나 들으려고 온 게 아니었다. 매달 빠져나가는 건강보험료가 아까울 지경이었다. 나는 절박했다. 평소 나는 병원에서 질문 같은 건 하지 않았다. 의사 쪽에서 궁금한 게 있냐고 물어봐도 안 했다. 하지만 이번만큼은 그냥 넘어갈 수 없었다.

"귀지 때문에 환청이 들릴 수도 있나요?"

"가능성이 아예 없다고 볼 순 없죠."

"그렇군요……."

"연고랑 진통 소염제 3일 치 처방전 써드릴 테니 받아 가시고요. 약 다 드시고도 계속 들리면 한 번 더 내원하세요."

"네……."

그가 내린 진료 소견을 듣고 고개를 갸웃했다. 미심쩍은 티를 낸 것이다. 의사가 코를 킁킁거렸다. 그러곤 마지못하다는 듯 물었다.

"주로 어떤 소리를 듣는데요?"

아무 대답도 할 수 없었다.

그게 말이죠, 제 남자친구는 고막 속에서만 존재했는데 요즘은 집 안 여기저기에서 출몰해요. 고막 남자친구의 목소리가 우리 집 모든 사물에 깃들어버렸어요.

애정망상

의사에게 이런 말을 할 순 없겠지. 처음엔 나도 정신질환의 일환이 아닌가 의심했다. 지금도 정신질환이 아니라고 100퍼센트 단정 지을 순 없어서 일단은 지켜보기로 했다. 사태의 진상을 확실히 해두는 게 우선이었다.

*

회식을 마치고 밤늦게 귀가한 어느 날이었다. 마지막 남은 기운을 짜내어 겨우 신발을 벗는데 주방 후드 쪽에서 왔어? 하고 웬 남자가 반기는 투로 말했다. 나는 고개를 들고 사방을 쳐다보았다. 집 안에는 당연히 아무도 없었다. 그야 그럴 게 나 혼자만 사는 집이니까. 누군가 침입한 흔적조차 전무했다. 출근하기 전 아침에 어지럽히고 간 그 상태 그대로 더러운 집이었다.

"누구야?"

위협적으로 물었지만 대꾸는 없었다. 그렇다면 벽간소음이나 층간소음이 분명했다. 이 건물 사람들이 생활하며 내는 소리는 벽을 통해, 환풍구를 통해, 창문 너머를 통해, 우리 집으로 시시때때로 침범하곤 했다. 나는 그런 소리에 일일이 반응하며 사는 사람이 아니었다. 강아지가 끙끙대는 소리, 누군가가 코를 고는 소리, 양치하며 가래 뱉는 소리, 커플이 격하게 싸우는 소리……. 이런 소리들은 산골 마을 단독주택에 외따로 살지 않는 한 나만 듣는 것도 아닐 테다. 내가 매일 내는 소리도 이 건물 누군가에로 도달하겠지.

억울해할 것 하나 없다.

그런 생각을 하며 나만의 귀가 루틴을 마저 이어갔다.

1. 바닥에 스타킹과 외투를 벗어 던진다.//
2. 숨 참고 500밀리리터 생수를 원샷한다.
3. 오줌 누고 손을 씻는다.

4. 소파로 다이빙한다.

왼쪽 다리는 소파 등받이 위에 올려놓고, 오른쪽 다리는 바닥을 향해 뻗었다. 일 끝나고 돌아와서 쉴 때 가장 마음의 안정감을 느끼는 자세였다. 밖에서는 지하철 타는 그 순간부터 몸을 한껏 움츠리고 살기 때문에 집에 오면 다리도 쩍 벌리고, 팔도 활짝 펼쳐야 개운했다. 소파에 맨살을 갖다 대자 인조가죽의 시원한 냉기가 온몸으로 퍼졌.

누웠다고도 앉았다고도 볼 수 없는 어정쩡한 자세로 회식 자리에서 내가 늘어놓은 헛소리와 만행을 복기했다.

테이블에는 나를 포함한 여직원 세 명, 남직원 한 명이 있었다. 그중 누군가가 피부과 시술에 관한 이야기를 화제로 삼았다. 슈링크와 울쎄라의 차이점에 대해서 여직원 둘은 심도 깊은 의견을 주고받았다. 그때 남직원이 대뜸 고백했다. 저는 이마와 턱에 필러를 맞었어요. 그랬더니 여직원 중 한 명이 이야, 자연스럽게 잘됐네요, 하고 추켜세웠다. 그러자 나머지 한 명도 제가 피부과에서 받은 시술이라곤 겨드랑이 레이저 제모뿐인데, 다음 달에 상담 한번 받아야겠어요, 하고 매끄럽게 말을 이었다.

현대의 사회인들은 이토록 가벼운 대화 주제를 가지고도 분위기를 망치지 않고, 흐름도 어색하지 않게 잘 이어 나갈 수 있지만……. 나는 테이블에 앉은 이래로 지금껏 그렇구나, 하며 고개를 끄덕인 게 전부였다. 그래, 무슨 말이라도 해보자. 이번엔 내가 나설 차례였다.

"전 브라질리언 왁싱을 해보고 싶어요."

하필 '제모'라는 단어에 꽂힌 바람에 그런 말을 해버렸다. 일동 침묵. 그들은 잠깐 눈빛을 교환하다 어색하게 미소 지었다. 경직된 분위기를 눈치챘으면서도 2절을 멈추기 힘들었다.

"씻을 때 아기 시절로 돌아간 기분을 느낄 수

애정망상   15

있대요."

남직원이 하하하, 사람 좋게 웃었다. 돌이킬 수 없었다. 3절을 시작했다.

"생리할 때도 여러 방면으로 편하고 위생적이라고 들었어요."

남직원이 웃음을 뚝 멈췄다. 남직원은 우리 팀 막내였다.

그때 나는 얼큰하게 취해 있었나? 아니. 평소 주량에 비하면 전혀 취하지 않은 상태였다. 그럼 동료들을 웃기고 싶었나? 그런데 그게 웃긴가? 어째서 묻지도 않은 말을 쓸데없이 지껄였을까, 반성했다.

그날 아침, 고막 남자친구의 왁싱숍 롤플레이 ASMR을 들으면서 출근 준비를 한 탓에 무의식의 발현으로 '제모'라는 단어에 꽂혔는지도 모르겠다. 출근 준비나 할 것이지. 아침 벽두부터 왜 ASMR을 들어서 후회할 짓을 만들었는지 모르겠다. 그렇다고 고막 남자친구를 탓하고 싶진 않다. 그런 ASMR을 듣는다고 해서 모두가 괴상한 말을 남발하는 것도 아닐 테니까. 그냥 나라는 사람이 허튼소리 지껄이는 종자인 것이다.

내가 아침에 들은 롤플레이는 19금도 아니었으며, 설정 또한 브라질리언 왁싱이 아닌 페이스 왁싱이었다. 물론 고막 남자친구가 페이스 왁싱을 해주면서 브라질리언 왁싱을 권하긴 했다. 씻을 때 아기 시절로 돌아간 기분을 느낄 수 있고, 생리할 때도 편하고 위생적이라며……. 내 귓가에 정확한 발음으로 때려 박듯이 속삭였다.

페이스 왁싱 ASMR은 무료로 들을 수 있지만 브라질리언 왁싱은 유료 결제다. 그건 19금이 분명했다.

이직을 해야 하나? 최근 연봉 협상을 만족스럽게 끝냈는데. 사회 부적응자 레벨이 정점을 찍은 것 같았다. 설마 여기서 더 고점을 찍겠어? 하고 의

심했지만 ……. 의심은 여지없이 무너졌고 부적응자 레벨은 나날이 갱신하는 중이었다. 자괴감에 몸서리 치며 쿠션을 벽으로 내동댕이쳤다. 다이소에서 5천 원 주고 산 강아지 얼굴 모양의 모찌모찌 쿠션이었다.

"아프잖아. 그렇게 막 던지지 마."

쿠션에서 퍽 귀에 익은 남자의 목소리가 들렸다.

가끔씩 앱을 작동시키지 않았는데도 고막 남자친구의 목소리가 흘러나올 때가 있었다. 어떤 기계 원리로 그러는지 모르겠지만 핸드폰을 켜서 확인해보면 항상 앱이 켜져 있었다.

집에 혼자 있을 때 이런 일이 벌어지면 서프라이즈 이벤트였다. 고막 남자친구와의 로맨스 대화를 자연스럽게 이어 나갈 수 있었으니까 말이다.

"오랜만. 잘 지냈어?"

고막 남자친구가 이렇게 말하면,

"연락도 없이 무슨 일이야."

고막 남자친구의 다음 대사가 시작되기 전에 나는 빠르게 맞받아친다.

"근처에서 약속이 있었는데 끝나고 집에 가려다가……. 여보 얼굴 보고 싶어서 왔지."

"나도 보고 싶었는데. 감동인걸?"

집에선 다각도로 콘텐츠를 누리고, 맛보고, 즐기면 그만이었다. 하지만 일하는 와중에 고막 남자친구의 목소리가 멋대로 재생된다면……. 그것은 상상조차 하고 싶지 않은 끔찍한 대형 사고다. 안 그래도 사회성이 바닥나 있다는 것이 공공연하게 알려져 있는데 그런 취미 생활까지 발각된다면……. 만에 하나 그런 불상사가 발생할까 봐 나는 외출 시 반드시 핸드폰을 무음 모드로 설정했다.

오늘도 왁싱숍 ASMR을 중간까지 듣고 난 뒤 음량을 0으로 맞추고 출근했거늘. 회식 끝나고 돌아와서도 음 소거를 해제한 기억은 결코 없었다. 곧바로 핸드폰을 확인했다. 앱은 켜져 있지 않았고 볼륨의 눈금 또한 정확히 숫자 0에 맞춰져 있었다. 나는 핸드폰과 쿠션에 귀를 번갈아서 갖다 댔다.

확실히 쿠션에서 들리는 소리였다.

"저기, 이봐."

이게 무슨 일이람.

"어이, 나 말하고 있잖아. 내 말 안 들려?"

저 목소리가 저곳에서 저렇게 들리면 안 되는 건데. 나의 합리적이고도 이성적인 사고 흐름과는 관계 없이 쿠션은 떠들었다.

"이상하다. 제대로 동기화시켰는데……."

쿠션에서 나는 목소리는 나의 고막 남자친구 목소리와 똑같았다. 쿠션은 계속 중얼거렸다. 진짜로 안 들리나? 그럼 곤란한데, 하면서 말이다. 무서운 마음이 들었지만 꾹 참고 물었다.

"혹시 세진 님?"

"세진? 그게 누구지? 나는 다즐링 행성에서 온 왕자다. 어쨌든 당신 덕분에 내가 목소리를 얻게 됐으니 고맙다는 인사를 해야겠군."

목소리는 세진이 맞았지만 어조나 말투는 내 고막 남자친구 것이 아니었다.

쿠션은 도움이 필요하다는 둥, 육체의 일부를 가져다 달라는 둥, 이것저것 요구하며 내가 이해할 수 없는 말들을 계속했다. 혹시 이건 이세계로 소환된 왕자와 평범한 직장인의 로맨스 판타지 설정 롤플레이일까? 하지만 이번만큼은 평소처럼 로맨스 상황을 전개시켜나갈 수가 없었다. 집에는 분명 나 혼자였음에도 말이다.

나의 고막 남차진구 이름은 세진이다. 세진은 활동명일 것이다. 세진의 실제 이름을 나는 모른다. 나이도 모른다. 인스타 계정도 모른다. 댓글란을 훑다 보면 어떤 팬들은 세진의 이런저런 개인적인 정보에 대해 알고 있는 것 같은데 나는 몰라도 상관없었다. 앞으로도 알아볼 생각은 없었다. 목소리 하나만으로도 사랑할 수 있었다.

내가 피곤해할 때면 세진은 머리를 감겨줬다. 그는 열 손가락을 사용해 두피를 리드미컬하게 쓰다듬었다. 그의 축축한 손가락과 내 젖은 머리카락이 마찰하며 찰박거렸다. 착착착착, 스윽, 착착착착, 스윽. 두피를 문지르고 누를 때마다 그의 손가락 사이로 내 머리카락이 쓸려나가는 소리 또한 듣기 좋았다. 그는 마사지 하느라 손에 힘을 주거나 풀 때면 코와 입으로 옅은 숨을 뱉어냈다. 그 소리의 요소 하나하나가 나를 묘하게 흥분시켰다. 세진은 속삭였다.

"어때? 시원해?"

세진이 샴푸 거품을 내고, 샤워기에서 시원하게 물이 쏟아지는 소리를 가만히 듣다 보면 머릿속에서 하얗고 반짝이는 비누 거품의 이미지가 펼쳐졌다. 현실의 나는 침대 위에 누워 머리를 감고 있는 기분이었다. 머리뿐만이 아니라 나를 구성하는 신체의 모든 세포가 상쾌하게 씻겨나갔다. 과장 조금 보태자면 세상으로부터 얻은 마음의 찌든 때까지도 벗겨졌다.

세진이 들려주는 소리를 듣고 나면 나는 좀 더 산뜻한 시야로 살아갈 수 있었다. 주변 사람과 세상을 너그러운 마음가짐으로 받아들일 수 있었다.

세진은 내가 필요로 할 때마다 늘 곁에 있었다. 어떤 성향의 남자친구를 사귀더라도 가능하지 않았을 일을 세진은 간단하게 해냈다. 내가 심심해하면 책 한 권을 골라서 나긋한 목소리로 낭독했고, 혼자 잠들기 외로운 밤이면 이불 속으로 숨어들어 왔다. 머리맡에서 사랑의 밀어를 속삭였다. 입술과 혀로 달팽이관 안쪽까지 부드럽게 자극하며 어루만져주었다. 그럴 때면 척추와 늑골이 찌릿찌릿했다. 온몸이 감전된 것 같았다.

그는 내 고막 안에서 살아가는 비밀 연인. 일

주일에 한 번씩 얼굴이 보이지 않는 라이브 방송을 했고, 이틀에 한 번씩 ASMR 콘텐츠를 업로드했다. 성인 인증이 필요한 19금 콘텐츠를 제외한 모든 콘텐츠는 무료로 청취할 수 있었다.

내가 귓속에 이어폰을 꽂아야만 의미 있는 존재로 형상화됐던 그였는데. 이제는 내 집 안 곳곳에서 멋대로 나타났다가 허락 없이 사라졌다.

즉, 내가 필요로 하지 않을 때도 목소리가 들리게 됐다는 뜻이다. 내 맘대로 할 수 있는 유일한 하나가 사라지고 말았다.

일이 성가시게 됐다.

*

반차까지 써서 병원에 갔지만 이렇다 할 소득이 없었다. 뚜렷한 병명조차 듣지 못했다. 신경외과에 가서 뇌 촬영을 해볼까? 아닌 게 아니라 진짜 정신과엘 가야 하나? 고민하면서 집으로 향했다. 마트에 들러 팥을 한 봉지 충동 구매했다. 귀신의 장난일 수도 있었다. 현대의학의 도움을 받지 못한다면 주술의 힘이라도 빌리자 싶은 마음이었다.

현관문 앞에는 지난밤 인터넷으로 주문한 성수와 마리아상, 그리고 십자가가 도착해 있었다. 어젯밤에는 종교의 힘을 빌리고 싶었나 보다.

한 손에는 팥 봉지, 다른 한 손에는 성물이 든 상자를 들고 집으로 들어섰다. 신발을 벗지 못하고 현관 앞에서 우두커니 서 있었다. 목소리가 또다시 들려오면 그대로 내뺄 작정이었다. 다행히 별다른 징후는 없었다. 불안을 뒤로하고 신발을 벗었다.

집 안의 동태를 살피며 사물의 기척을 관찰했다. 침대가 하나, 책상이 하나, 의자가 하나, 옷장이 하나, 이불이 하나, 칫솔이 하나, 밥그릇과 국그릇이 하나, 냄비가 하나, 수저가 하나씩. 나는 물건을 여러 개 사들이는 게 싫어서 하나씩만 갖추고 사는 사람이었다. 모든 게 하나뿐인 이 공간에는 목소리도 내 것 하나만 있어야 마땅했다.

택배 상자를 뜯어서 성수를 꺼냈다. 뚜껑을 열고 눈에 밟히는 곳마다 뿌렸다. 소지품들에도 전부 뿌렸다. 그랬더니 한 통이 금세 동이 났다. 대용량으로 살걸, 후회했다. 책상 위에 마리아상을 두고 벽에 후크를 설치한 뒤 십자가를 걸었다. 베개 속에는 팥을 집어넣었다.

오늘 저녁 메뉴는 팥밥이다, 생각하다가 피곤해져서 팥으로 속을 채운 베개에 머리를 대고 그대로 잠이 들었다.

얼마나 잤을까. 베개에서 목소리가 들렸다.

"왜 내 말을 믿어주지 않는 거지?"

잠결이었다. 요즘엔 상황이 상황이니만큼 그러지 않았지만 본래 나는 평소에도 자면서 세진의 ASMR을 들었다. 현실과 꿈의 경계가 모호한 가수면 상태에서 세진과 종종 대화를 나누기도 했다.

그러다 보면 꿈속에까지 세진이 등장했다. 물론 세진은 꿈에서도 얼굴이 없었다. 목소리만 둥둥 떠다녔다.

"당신이 도와주면 증명할 수 있다니까?"

잠과 현실 사이에서 세진의 목소리가 끊임없이 들려왔다. 나는 알고 있었다. 지금 들리는 저 목소리는 내 고막 남자친구 세진의 것이 아니라 목소리를 빼앗아 간 다즐링 왕자의 것이라는 사실을.

자각하고 있음에도 습관이란 참으로 무서웠다. 나는 파블로프의 개처럼 내 꿈에 세진, 아니 다즐링 왕자를 등장시켰다. 자칭 왕자와 대화를 나눴다.

"내가 뭘 할 수 있는데?"

"남자 염색체를 가진 신체의 일부를 구해 와."

왕자가 말하는 신체의 일부란 무엇일까. 왕자의 행성에서 일컫는 신체와 우리 행성에서 일컫는 신체가 동일하다고 가정한다면 눈과 코, 귀와 입,

손과 발 같은 걸 말하는 걸까? 내가 생각하는 게 맞다면 사람 신체 일부를 어떻게 구해 오란 말인가. 남의 몸을 칼로 무 자르듯 할 순 없는 노릇이었다.

"당신네 행성에선 어떨지 모르겠지만 여기서 남의 몸 함부로 절단했다간 감옥 가."

"우리 행성에서도 감옥 가거든?"

그런데도 잘도 그런 말을 하다니. 싸가지만 없는 줄 알았는데, 염치도 없는 듯했다. 그럼 더 이야기할 필요 없겠다는 듯 나는 코를 고는 시늉을 했다. 왕자는 간곡하게 부탁했다.

"제발. 손톱, 타액, 터럭 같은 거면 돼. 아주 미미한 것인 데다 간단하잖아. 그렇지?"

"그걸로 뭘 할 수 있는데?"

"임시로 몸을 만들어낼 수 있어."

"무슨 말을 하는지 도무지 모르겠어."

"속는 셈 치고 하나만이라도 좋으니 구해다 줘. 너도 보고 나면 믿게 될 거야."

　다즐링 왕자와 많은 이야기를 나누었다. 대부분은 왕자가 일방적으로 말하고 나는 듣는 식이었다.

　왕자는 지구로부터 2800만 광년 떨어진 다즐링이라는 소행성에서 왔다. 왕자가 살고 있는 은하계에는 행성들 사이에 위계질서와 서열이 존재했다. 각 행성의 왕위계승자들은 만 15세가 되면 행성계 서열 1위인 실론 행성의 볼모로 끌려가는 풍습이 있다고 했다. 15세부터 25세 생일이 될 때까지, 그러니까 10년 동안 꼼짝없이 실론에 갇혀 살며 사상 교육을 받아야 했다.

　은하계 간 이동이 가능할 만큼 고도로 과학 기술이 발달한 행성인데 통치 형태는 절대주의 군주제라니……. 이상하다고 생각했지만, 두 번 생각해 보니 그렇게 이상할 것도 없었다. 사물에서 목소리가 들리는 지금 이 상황이 더 수상했다.

일곱 개의 행성에서 볼모로 잡혀 온 7인의 왕위계승자 중 일부는 행성 간 대외 정책의 일환으로 실론의 왕녀들과 정략결혼을 맺는 경우도 있었다. 왕자의 어머니도 실론의 공주 출신이었다.

하지만 왕자는 결혼만큼은 사랑하는 여자와 하고 싶었다. 왕자는 로맨티스트였다. 왕자에게는 죽을 때까지, 아니 죽어서도 사랑하고 싶은 여자가 있었다. 그 여자의 이름은 애시. 사랑의 늪에 빠진 왕자는 애시와 단 하루도 떨어지고 싶지 않았는데 10년이나 떠나 있어야 한다니? 만에 하나 실론의 왕녀와 혼담이라도 오고 가면 끝장이었다.

왕자는 확실히 해두고 싶었다. 애시에게 실론에 함께 가자고 제안했다. 만약 일이 잘못되면 다른 은하계로 사랑의 도피라도 하리라 각오했다. 그러나 애시의 마음은 왕자의 마음과 같지 않았다. 애시는 곤란한 기색을 내비쳤다. 애시는 말했다.

여기서 기다릴 테니 걱정하지 말고 잘 다녀오라고. 초조해하는 왕자를 안심시키려고 했다.

왕자는 안심이 되지 않았다. 되려 불안했다. 청혼 반지를 들이밀며 결혼부터 하자고 할 걸 후회했다. 직접적인 청혼은 아니었지만 실론에 같이 가자는 말은, 거기서 살다가 결혼하자는 의미이기도 했다. 어쩐지 애시에게 청혼을 거절당한 것 같은 기분이 들어서 마음이 썩 좋지 않았다.

왕자는 애시를 다즐링에 두고 홀로 떠났다. 실론에서의 강제 10년살이를 시작했다. 1년에 두어 번씩 왕자의 행성에서 실론으로 외교 사절단이 찾아왔다. 교역 협상도 할 겸 그곳에서 왕자의 처우는 어떤지, 다른 행성들에 비해 대우에 모자람이나 넘침이 없는지 관리 감독하러 오는 것이었다. 왕자는 사절단이 올 때마다 애시의 소식을 전해 들었다.

왕자가 실론에 갇혀 지낸 지 4년째 되던 해였

다. 애시는 지구라는 행성의 한국이라는 나라로 떠났다고 했다. 왕자가 말했다.

"거길 왜 가?"

신하가 말했다.

"아이돌이라는 남자를 만나러 갔다고 합니다."

애시는 사랑의 도피를 감행했다. 그 격정적인 감정을 다즐링 왕자와 함께 나누고 싶은 게 아니었을 뿐이다. 한국의 아이돌 왕자님이라면 이야기가 달라지지만.

왕자는 난생처음 느껴보는 질투와 집착에 그만 이성의 끈을 놓고 말았다. 애시에게 화가 난 건 아니었지만 지금 자신이 처한 상황 때문에 답답함과 짜증이 들끓었다. 지금 당장 애시를 만나야겠다는 광기에 사로잡혔다.

왕자는 실론을 탈출했다. 외교적인 갈등이 초래될 수 있는 사안임에도 불구하고 눈앞에 뵈는 게 없었다. 자신이 타고 온 우주선에 올라타 지구의 좌표를 찍었다. 그리고 '출발' 버튼을 눌렀다. 왕자는 이 시점에서 중요한 과정 하나를 빼먹었다. '출발' 버튼 전에는 반드시 '합성'과 '압축' 버튼을 차례대로 눌러야만 했다. 하지만 이성이 마비된 나머지 정상적인 사고를 할 수 없었다. '합성'과 '압축'을 간과하고 '출발'만 냅다 누른 바람에 왕자의 신체는 2800만 광년 떨어진 지구까지 오는 속도의 압력을 견디지 못하고 입자 형태로 지구에, 그것도 하필이면 내 집에 불시착한 것이었다.

이게 다 비정상적으로 분비된 사랑의 호르몬 때문에 벌어진 일이라는 것을 왕자는 알까. 나는 왕자의 긴 하소연과 원한 섞인 푸념을 다 듣고 나서 잘못된 정보를 바로잡았다.

"틀렸어. 아이돌이라는 이름을 가진 남자는 없어."

*

　왕자의 제1목표, 애시를 찾는다. 제2목표, 애시와 함께 우주선을 타고 실론으로 돌아간다. 목표를 달성하기 위해선 임의의 몸이 필요하다. 그러니 몸을 구성하는 데 필요한 요건이 갖추어지도록 도움을 줬으면 좋겠다. 이것이 긴 시간 동안 왕자가 내게 풀었던 이야기의 요지였다.

　하지만 남자의 신체 일부를 어디서 어떻게 구해야 할까. 내 입장에선 어지간히 곤란한 임무였다. 우선 나는 현실 남자만 마주하면 울렁증이 일었다. 이십대 때 4년 사귀었던 남자에게 비참하게 차인 이후부터 생겨난 증상이었다. 그 후론 고막 남자친구 말곤 다른 남자친구를 일절 만들지 않았다. 친밀하게 교류하는 남사친 역시 한 명도 없었다. 사회생활 중에 만나는 남자와는 업무 때문에 어쩔 수 없이 안간힘으로 대화했다.

회사의 남직원들을 한 명씩 떠올려봤다. 우리 팀 막내와 차장, 부장, 그리고 대표이사. 회사도 하필이면 여초여서 남자가 별로 없었다. 뭐, 나는 그 점이 편하긴 했지만.

아무튼 회사의 남자 사람들이라면 사무실을 돌아다니며 흘린 머리카락이나 종이컵과 담배꽁초에 묻은 타액 같은 건 비교적 쉽게 구할 수 있을 것 같은데……. 곧바로 생각을 철회했다. 회사 동료의 신체가 복제되어서 내 집을 돌아다니는 상상을 하니 뭐라 말할 수 없이 참담해졌다. 목소리는 세진의 것이어서 그나마 참을 만했지만 그들 몸이라면 못 참을 게 분명했다.

"왜 꼭 남자 몸이어야만 해?"

내 몸을 주면 만사가 편할 것 같았다. 옛다, 가져라, 마음 같아선 내 몸 일부를 잘라서 뚝 떼어주고 내쫓고 싶었다. 왕자가 당연하다는 듯 말했다.

"그야 내가 남자니까."

애정망상

"임시라며. 여기 있는 동안에만 잠깐 여자로 다니면 되는 거 아냐?"

왕자는 한숨을 크게 내쉬었다. 나를 바보라고 여기는 게 틀림없었다.

"내가 여자 몸으로 신체 합성이 가능했으면 지금 여기 네 몸이 있는데 여태까지 왜 못 만들었을까?"

내 인생에 요행은 없었다. 남자 신체 일부를 무슨 수를 써서라도 구해 와야 했다. 그래야 내 귀에 저 싸가지 없는 말투의 목소리는 들리지 않게 되고 세진의 다정다감한 목소리만 들릴 것이다. 세진의 목소리는 온전히 세진의 목소리로만 남아 있어야 했다.

생판 모르는 남자에게 접근해보자. 그편이 사무실 바닥을 탐색하는 것보다는 괜찮은 방법 같았다. 나는 당근마켓에 접속했다. 글쓰기 작성 버튼을 누르고 안녕하세요, 하고 운을 띄웠다. 그 다음은 어떻게 써야 할지 전혀 감이 오지 않았다.

남자 털이나 침 구합니다. 빠른 거래 원해요.

이렇게 쓰는 수밖에 없는데 이건 내가 봐도 수상한 변태처럼 보였다.

고민이 많아지니 머리에 쥐가 나는 기분이었다. 젤리를 하나 까서 입안에 넣고 씹었다. 몸에 당이 돌아서 그런지 문득 떠오르는 바가 생겨 허공을 향해 말했다.

"그냥 남자가 나오는 영상으로는 안 될까?"

그게 가능하다면 드라마나 한 편 틀어주면 그만이었다. 기왕이면 박보검이나 서강준이 등장하는 드라마로……. 박보검으로 할까, 서강준으로 할까. 세진의 목소리라면 역시 박보검이 어울리려나. 흐뭇한 망상을 전개하는 와중 이번엔 전자레인지 쪽에서 왕자의 목소리가 들렸다.

"그건 불가능해."

"목소리는 그런 식으로 얻었으면서."

"목소리는 주파수니까 가능했던 거야."

모든 게 귀찮아져서 눈을 질끈 감았다. 더는 왕자가 하는 말을 듣고 싶지 않았다. 노이즈캔슬링 이어폰을 귀에 꽂고 음악을 들었다. 왕자는 물질의 가장 근간을 이루는 입자와 파동의 형태로 존재했다. 어디로든 침투할 수 있다는 의미였다. 아까와는 다른 내 일련의 태도에 신경이 쓰였는지 이어폰 속으로 들어와서 속삭였다.

"부탁할게. 너도 내가 여길 빨리 떠나는 게 좋지 않겠어?"

그 순간 나는 왕자에게 귀를 정복당했다. 좀처럼 몸을 움직일 수 없었다. 평소에 듣던 세진의 목소리보다도 훨씬 세진의 목소리 같았다. 부드럽고 따스한 목소리가 내 안에서 더 밀착되어 울려 퍼졌다. 그 파동은 귀에서부터 시작해 목덜미, 빗장뼈, 늑골, 그리고 아랫배까지 도달하며 나를 오싹하게 만들었다.

세진이 내게 줬던 쾌락의 감도가 100이라면

이번 것은 250 정도 되는 감도였다. 도대체 내게 무슨 짓을 한 거람. 세진 몰래 외도라도 하는 기분이었다. 사지가 전율로 떨렸다.

　세진은 내게 있어 가상의 목소리였다. 상호 교류도, 쌍방의 대화도 필요치 않았다. 이야기가 꽉 닫힌 상상 세계 속에서 나만 바라보는 애정 넘치는 남자친구. 그런 고정된 캐릭터로 존재했다. 그러나 왕자는 달랐다. 왕자는 내 곁에서 실존하는 목소리였다. 왕자는 내 남자친구도 뭣도 아니면서 소통을 요구하고 있었다. 나를 향한 애정이 존재하지도 않는다. 어디로 튈지 모르는 안하무인 성격이다. 그런데도 어느새 우리는 쌍방의 대화를 나누고 있었다. 나는 조용히 읊조렸다.

　"이건 옳지 않아……."

　데이트 앱을 설치하는 한이 있더라도 기어코 남자의 신체를 구해 오고야 말겠다는 의지가 생겼다. 목소리를 원래의 자리로 갖다놓아야 했다.

나는 피를 토하는 심정으로 1:1 오픈 채팅방을 하나 개설했다. 방 제목은 다음과 같았다.

심심하고 외로워요. 나랑 놀아줄 사람.

#165/48/2N #서울 #경기 #여자

방을 판 지 1분도 되지 않아 남자들이 끊임없이 대화를 건네왔다. 사진을 걸고 만든 게 아닌데도 그랬다. 마포구 신수동에 거주한다는 27세 남성이 내가 사는 곳과 그나마 가까워서 마음에 들었다. 만날 시간과 장소를 정하려는 참에 오랜 친구 가람에게서 메시지가 왔다.

— 성민의 지갑에서 이상한 걸 발견했어.

또 남자친구 이야기군. 당장 내 눈앞에 닥친 남자 일만으로도 벅차고 성가셨다. 그래도 ASMR을 들을 수 없게 된 지금, 달리 생각하면 가람은 내게 남은 유일한 도파민 충전소였다. 그래서 메시지를 읽고 답장을 하지 않을 수 없었다.

— 뭘 발견했길래?

가람은 이어서 사진을 한 장 첨부해 보냈다.

— 쿠폰 같은데 왜 다섯 장씩이나?

무슨 쿠폰일지 상상의 나래를 펼쳤다. 혹시 퇴폐 업소 쿠폰? 이제껏 가람이 만난 남자는 제대로 된 인간이 한 명도 없었기 때문에 충분히 가능한 일이었다.

— 찾아봤는데 여기 헌팅 포차야.

생각보다 흔한 사건 케이스여서 실망했다. 도파민도 별로 돌지 않았다. 하지만 그럼에도 최선을 다해 반응해주었다. 앞으로도 꾸준히 가람으로부터 도파민을 제공받으려는 밑밥 작업이었다.

— 엥? 완전 미친놈이네!

절대 성가시다는 티를 내어선 안 됐고, 그렇다고 과하게 반응해도 안 됐다. 남자친구 욕을 대신 해주는 것도 적당 선에서 그쳐야 했다. 남자친구를 향해서 심한 비방의 욕설을 하거나, 헤어지라는 둥, 너는 왜 똥차 콜렉터냐는 둥의 도를 넘는 말을 하는 건 절대 금지였다.

*

가람과 나의 관계는 고2부터 시작됐다. 우리는 사실 초중고 동창이었다. 초5부터 중1까지 내내 같은 반이었음에도 불구하고 고2가 될 때까지 말 한마디 제대로 섞어본 적이 없었다. 성격이 정반대여서? 반에서의 서열이 달라서? 그런 문제보다 한층 복잡했다. 따지고 보면 우리는 성격뿐 아니라 얼굴과 체구도 닮았으며, 반에서의 서열도 고만고만했다. 둘 다 앞머리와 옆머리로 얼굴에 커튼을 치고 다녔고, 말수가 별로 없어서 친하게 지내는 친구가 한 명에서 두 명 사이였다. 반에서 인싸들이 떠드는 재치 있는 입담에 몰래 입꼬리를 씰룩거리다가 그 아이들 중 한 명과 눈이 마주치기라도 하면 우린 다음과 같은 박대의 말을 들었다.

"뭐야, 그 기분 나쁜 웃음은? 만화책이나 계속 읽으셔."

담임도 우리의 존재가 신경 쓰였는지 하루는 방과 후에 교무실에 잠깐 들르라고 했다. 담임은 작은 사과주스 팩을 하나씩 손에 쥐여주며 말했다.

"둘이 잘 맞을 것 같으니 친하게 지내렴."

그런 말을 듣고도 우리는 친해질 수 없었다. 아니, 그런 말을 들었기 때문에 더 친해질 수 없었다.

나는 가람이 학교 정문을 벗어나는 것을 확인한 뒤에야 안심하고 하교하곤 했다. 심지어 우리는 좋아하는 아이돌 멤버도 같고 즐겨 보는 애니메이션도 겹쳤는데……. 굳이 이유를 붙이자면 동족 혐오 아니었을까?

그랬던 우리가 급격하게 친해지게 된 계기는 따로 있었다. 나는 어느 날 아침 한 남자를 향한 가람의 광기를 목격했다.

아파트 화단마다 벚꽃이 흐드러지게 날리던 4월 아침이었다. 그날따라 맥모닝이 먹고 싶었던 나는 평소 등교 시간보다 한 시간 일찍 집을 나섰다. 공동 출입문을 막 나서는 참이었다. 옆 동에서 익숙한 실루엣을 한 남자의 낯익은 목소리가 들렸다. 자세히 보니 그는 우리 학교 수학 선생이었다. 옆에는 꼬마 아이가 선생의 손을 잡고 잠투정을 부리고 있었다. 선생의 손에는 출근용 가방과 노란색 어린이집 가방이 함께 들려 있었다. 젠장. 같은 아파트였다니. 계속 마주치면 너무 불편하겠는데, 라고 잠깐 생각했다. 나는 인사하기가 싫어서 화단 뒤로 재빨리 몸을 숨겼다. 그런데 거기에 가람이 있었다.

애도 같은 아파트에 살았나? 나는 처음에 그렇게 생각했다. 상식적인 사람이라면 누구나 그렇게 생각할 것이다. 나중에 알고 보니 가람은 우리 집에서 2킬로미터 떨어진 학교 바로 옆 빌라에 살고 있었다. 그런데 대체 왜? 내가 머릿속에서 물음표를 띄우고 있던 차에 가람은 충격적인 말을 했다.

"가방 두 개를 함께 든 저 다부진 팔뚝 좀 봐. 참 믿음직스럽지 않니?"

가람은 등교 시간보다 두 시간 일찍 나와 새벽 댓바람부터 이 앞에서 기다렸다고 했다. 수학 선생은 출근하기 전 때때로 딸아이를 자기 차에 태우고 어린이집에 등원시켰다. 수학 선생이 아이의 손을 잡고, 혹은 아이를 품에 안은 채 공동 출입문을 열고 나오는 모습을 가람은 지켜본다고 했다. 내가 언제부터 그랬던 거냐고 물으니 작년 가을부터 시작했다고 고백했다. 나는 달리 할 말이 없어서 이런 소리나 지껄였다.

"가정적이네. 왜 직접 데려다주는 거야?"

"아이가 늦잠 자는 날에만 데려다주는 거야."

"너 다 파악했구나……."

"나는 선생님이 아이 데려다주는 모습을 확인해야 마음이 놓여. 그제야 나의 하루가 시작되는 기분이야."

"그럼 아이가 매일 늦잠 자길 기도해야겠네."

"응, 너도 함께 기도해주라."

스토킹. 나는 속으로 생각했다. 하지만 가람은 지켜보는 것 이상의 무언가를 하는 것 같진 않았다. 선생에게 접근을 시도한다거나 위해를 가하려 했다면 나는 서둘러 그 자리를 벗어났을 것이다. 귀찮은 일에 휘말리는 건 질색이었다. 다행히 가람은 그럴 생각이 없는 듯했고 덕분에 내가 도망칠 일도 벌어지지 않았다. 선생과 아이가 탄 차가 사라지자 가람은 수그렸던 몸을 선선히 일으켰다. 그러고는 편안한 얼굴로 등굣길을 산책하듯 거닐었다. 발걸음이 가볍고 산뜻해 보였다.

얘가 아저씨 취향이 있네. 나는 아저씨 취향이라면 불호에 가까웠다. 지금도 세진이 '오지콤' 해

시태그를 달고 ASMR을 올리면 아무리 세진이라 할지라도 그것만큼은 소비하고 싶은 마음이 영 들지 않았다.

상반된 면을 발견하고 나니 가람에게 호기심이 생겼다. 가람도 나와 가까워지고 싶어 했다. 비록 동은 다르지만 수학 선생과 같은 아파트에 사는 나를 이용해야겠다는 마음이었는지도 모른다. 내게 줄 게 있다고 주말에 연락했고, 숙제를 같이 하자며 공휴일에 찾아왔다. 방학에는 우리 집에서 숙박하다시피 하며 오타쿠 짓을 했다. 그때 가람과 함께 밤낮으로 정주행한 애니메이션들은 지금도 변함없이 나의 인생 애니메이션 목록에 자리를 지키고 있다. 가람은 문턱이 닳도록 우리 집을 드나들었다. 그러다 정작 수학 선생과 마주치기라도 하면 헐레벌떡 숨기 바빴다. 한 번도 먼저 가서 직접 말을 건 적은 없었다.

*

 친해지게 된 이유야 아무렴 어떠하랴. 나와 가람은 지금까지도 크게 싸운 적 한 번 없이 썩 잘 지내고 있으니 그걸로 된 거였다.
 성민이 헌팅포차에 간 게 맞는지 어떤지 심증만 있을 뿐 아직 확실치 않은데 가람은 성민이 포차에서 여자와 합석해 술을 진탕 마신 뒤 원나잇까지 갔으리라 확신하고 있었다. 그걸로도 모자랐는지 의심에 끝이 없었다. 원나잇한 여자와 속궁합이 잘 맞아서 사귄다고 하면 어쩌지? 걱정과 상상을 펼치며 불안해하고 슬퍼했다. 혼자 놔두면 안 될 것 같아서 가람을 집으로 불러들였다.
 배달 앱을 써서 가람이 좋아하는 연어회를 주문하고 냉장고에 있는 재료를 털어 주먹밥과 계란말이도 만들었다. 오랜만에 하는 요리라 그런지 진이 다 빠졌다. 가람과 마시려고 사 온 맥주를 한 캔

따서 먼저 마셨다.

— 방금 역에서 내렸어. 15분 뒤 도착.

가람에게서 온 메시지를 읽던 와중, 세진이 라이브 방송을 시작했다는 알림이 떴다. 나는 원래 실시간 스트리밍을 듣지 않았다. 그렇게 하는 것이 시간적으로나 마음 건강의 측면에서나 좋다는 판단이 이미 한참 전에 섰기 때문이다.

왕자는 세진의 목소리를 획득했다. 아무리 주파수를 통해 잠깐 빌린 거라 할지라도 상대방의 동의를 구하지 않은 강탈이었다. 세진의 목소리가 괜찮은지 걱정되고 궁금하기도 했다.

이어폰을 끼고 실시간 채팅방에 입장하자 세진이 반갑게 맞아주었다.

"공중도둑 님 어서 오세요."

그런데 목소리가 이상했다. 세진은 고운 미성의 소유자인데 지금은 낮게 가라앉아 말 끝에서 갈라지는 쇳소리가 났다. 나는 당황하여 채팅을 입력

했다.

　목소리가 왜 그래요?

　세진은 내 댓글을 소리 내어 읽더니 답했다.

　"저 감기 걸렸어요."

　왕자에게 목소리를 강탈당한 것이 영향을 미쳐 감기에 걸렸나? 아니면 왕자가 목소리를 복제한 때마침 우연히 세진에게 감기가 찾아온 건가? 나는 갈피를 잡을 수 없었다. 그때 이어폰 속으로 왕자가 불쑥 침투했다.

　"너 지금, 나 때문이라고 생각하지?"

　"아프니까 외롭네요. 여러분들이 저 좀 외롭지 않게 해주세요."

　이어폰에서 똑같은 두 개의 목소리가 중첩되어 들려왔다. 감기에 걸린 세진보다 감기에 걸리지 않은 왕자 쪽이 본래 세진의 목소리에 더 가까웠다. 정신이 혼미해졌다. 내가 정말 미친 건 아닌지 염려스러웠다. 귀에서 이어폰을 뺐다. 위로해달라는 세진의 말에 청취자들의 후원이 폭발하는 중이었다. 나는 방송을 끄고 왕자에게 말했다.

"아무리 그래도 이건 좀······. 어디 다른 데 가서 말하면 안 돼?"

아무래도 도움을 받아야 하는 처지이니 삐딱하게 굴어봤자 자기한테 좋을 게 없다는 걸 아는 게 분명했다. 왕자는 내가 마시던 맥주캔으로 옮겨 붙어서 말했다.

"오해야. 저자의 목소리가 달라진 건 나와는 아무런 인과 관계가 없어."

"아니면 아닌 거지. 뭘 그렇게 발끈해?"

자기가 왕자면 다인가. 이런 식으로 나의 취미 생활에 훼방을 놓다니. 세진의 목소리를 들을 자유조차 박탈당한 것 같아 입안이 썼다. 맥주를 꿀꺽꿀꺽 마셨다. 왕자의 소리 입자가 캔이 아닌 액체에 스며든 모양이었다. 맥주를 머금자 편도샘 근처에서 목소리가 들렸다.

"설령 네가 남자의 머리카락을 가져온다고 해서 그 사람이 갑자기 대머리가 된다거나 하진 않을 거야."

다른 이의 목소리가 나의 신체 기관 내부에서 울려 퍼지는 건 처음이었다. 무서운데 희한하고, 이상한데 자극적이었다. 사고는 정지되었는데 마치 뇌세포에 경련이 일어나는 기분이었다. 서로의 혀가 엉켜 들지는 않았지만, 그보다 더 근원적인 키스를 나누는 듯했다. 왕자도 나와 같은 느낌일까? 아마 아닐 것이다. 이건 내가 신체가 있어서 느끼는 감각일 테니까.

나는 싱크대 개수대로 가서 술을 뱉어냈다. 물을 틀고 손으로 입을 박박 씻었다. 분한 마음에 입 안도 여러 번 헹궜다. 맥주를 흘려보낸 배수구 아래에서 왕자의 목소리가 울렸다.

"물론 하루 아침에 갑자기 대머리가 될 순 있겠지. 그건 그 사람의 탈모 유전자 탓인 거지, 나 때문이 아니라는 거야."

*

　맥주 열두 캔. 화이트와인과 레드와인 각 두 병씩. 우리의 주량을 고려함과 동시에 실의에 빠져 있을 가람을 위하여 술을 충분히 준비해놓았지만……. 이미 집에 들어설 때부터 만취 상태였던 가람은 비틀거리며 곧장 화장실로 들어갔다. 이윽고 닫힌 문 너머에서 속을 게워내는 소리가 들렸다.

　나는 내 몫의 술만 남기고 나머지는 집어넣었다. 가람이 오기 전에 이미 두 캔을 마시긴 했지만 더 마셔야 할 것 같았다. 가람이 들려주는 이야기는 대체로 수위가 세고 자극이 심했다. 맨정신으로 듣다 보면 내 도덕관념이 위태롭게 흔들리는 경우가 허다했다. 그렇기에 살짝 알딸딸한 정도로 취한 상태에서 이야기를 들어야만 내 멘탈은 지키고 오로지 도파민 충전용으로만 소비할 수 있었다. 오늘은 가람이 상당히 취해 있어서 사연을 제대로 소개해줄지 미지수지만.

화장실에서 나온 가람은 음식이 갖추어진 식탁 앞으로 오지 않고 반대편의 소파로 직행했다. 그러고는 평소 내가 안정을 취하는 자세를 그대로 재현했다. 한쪽 다리는 소파 등받이에, 반대쪽 다리는 소파 아래를 향한 채 몸을 널브러뜨렸다. 내가 안다. 저 자세로 저러고 있으면 잠이 금방 쏟아진다. 게다가 술까지 마셨으면 5초 컷이다. 자면 안 되는데. 잘 땐 자더라도 나의 넘쳐흐르는 호기심만큼은 풀어주고 잤으면 싶었다.

맥주캔을 들고 가람에게 갔다. 잠을 깨우려고 결로가 생긴 차가운 맥주캔을 가람의 얼굴에 갖다 대려는 순간이었다. 가람의 눈꼬리에 맺힌 이슬이 보였다. 나는 손길의 방향을 틀어 내 목구멍으로 남은 맥주를 한꺼번에 들이부었다. 가람이 내게 자신의 핸드폰을 건네며 말했다.

"이제 내 연락은 받지도 않아."

나는 익숙하게 핸드폰의 잠금번호를 풀었다. 가람의 비밀번호는 그 옛날 수학 선생의 차량번호로 15년 내내 변함없었다. 모르는 사람이 보면 내가 함부로 남의 핸드폰을 뒤지는 것 같겠지만, 이건 우리만의 오래된 규칙이었다. 전사까지 이야기하기에는 늘 시간이 부족했다. 과거의 감정선, 현재의 변화된 관계성, 사진 속 표정, 통화의 빈도, 대화와 언쟁의 굴곡 등등……. 연인 사이에서 벌어지는 진상을 파악하려면 핸드폰부터 들여다봐야 했다.

가람이 메신저로 나한테 헌팅포차 쿠폰 사진을 보낸 시각은 오후 5시 30분이었다. 지갑을 뒤지다 발견했다고 하니, 그 시간까진 성민과 함께 있었던 것 같다. 갤러리를 열어보니 해당 사진 전에는 성민이 식사하는 모습이 찍혀 있었다. 음식 주변엔 소주도 네다섯 병 올라와 있었다. 함께 거한

반주를 즐긴 모양이었다.

이번엔 통화 목록을 살펴보았다. 두 시간 동안 성민에게 대략 150통을 걸었는데, 전부 거절 표시였다. 가람이 우리 집에 도착한 시각은 저녁 7시 40분경이었다. 그런데 마지막으로 전화를 건 시간이 7시 43분이었다. 구토를 하면서까지 전화를 걸다니. 그렇게까지 전화를 건 놈이나, 그렇게까지 전화를 거절한 놈이나 내겐 둘 다 집요하고 지긋지긋한 인간들처럼 느껴졌다. 그래도 나는 책무를 다하기로 다짐했다.

"오늘은 둘 다 격해진 것 같으니까, 시간을 좀 가졌다가 진정되거든 다시 대화해보는 건 어때?"

가람은 일어나더니 손에 쥐고 있던 안약을 가방에 집어넣었다. 조금 전에 내가 목격한 건 진짜 눈물이 아니라 인공 눈물이었나보다. 생각해보니 가람은 어느 시점에서부턴가 사랑하는 남자에게 아무리 모욕을 당해도 더는 울지 않게 되었다. 가람은 오기만 남은 얼굴로 가방에서 태블릿을 꺼냈다.

"카톡 열어서 읽어봐."

내게 그렇게 말하고 가람은 태블릿의 전원을 켠 뒤 X를 열었다. DM창을 확인하는 듯했다. 나는 데이터를 복구하는 기계가 된 심정으로 두 사람이 나눈 카톡 메시지를 읽었다.

— 왜 사람 말을 안 믿냐? 지나가는 길에 쿠폰 나눠주길래 받은 거라고.

— 받은 거면 버리지. 그걸 왜 지갑에 품고 다녀?

— 아오 ㅅㅂ 귀찮아서 그냥 둔 거야.

— 너는 입만 열면 거짓말이야.

1은 사라져 있었지만 그 후로 성민에게서 메시지는 오지 않았다. 뒤이어 나오는 메시지는 전부 가람의 것이었다.

— 내가 쿠폰 때문에만 이래?

― 섹트로 오프 구하는 여자 알몸 사진에 댓글 단 거 내가 다 봤어.

― 만나서 뭐 했냐?

― 더러운 걸레 새끼.

― 대답해봐.

― 왜 대답 못 해?

그 후 20분이 지난 뒤에 성민에게서 메시지 두 개가 연달아 왔다.

― 내가 걸레면 너도 걸레겠네?^^

― 너도 나랑 섹트로 만난 사이니까^^.

가람은 울분이 치밀었는지 이렇게 답했다.

― 전화 받아.

그럼에도 불구하고 성민은 전화를 받지 않았을 테고 가람은 이후 보이스톡을 여러 번 시도했고, 이 역시 백이면 백 차단당했다. 그리고 다시 이어지는 가람의 연속 메시지…….

― 나한테 가져간 돈 다 돌려주겠니?

― 내 돈 달라고.

― 3일 준다.

― 전화 좀 받으라고!!

거기까지 읽은 나는 핸드폰을 내려놓고 가람을 봤다. 이번엔 어떤 계략을 꾸미고 있는 것인지 X에서 새로운 계정을 무한 생성하는 중이었다. 손가락이 바빴다. 동시에 핀터레스트에 접속해서는 노출이 과감한 여성들의 사진을 저장하고 있었다.

나는 쉴 틈 없이 움직이는 가람의 손을 붙들고 물어봤다.

"이번에는 또 얼마를 해줬니."

내게 손이 붙들린 채 가람은 손가락 다섯 개를 살며시 펼쳤다. 제발 아니길 빌며 물었다.

"5백?"

가람은 고개를 젓더니 취한 목소리로 두서없이 말했다.

"확실한 코인이 있다고 해서……. 이번에는 받

애정망상

을 생각 없이 준 거 아니야……. 얘가 외제 차 딜러 잖아……. 이번 달은 실적이 없어도 다음 달에는 아는 형이 차 세 대 팔아준다고 했대……. 그렇게 되면 목돈 금방 생긴다고 했거든……. 바로 갚는다고 해서 잠깐 빌려준 거야……."

나는 거두절미하고 재차 확인했다.

"그게 5백인 거지?"

가람은 말이 없었다. 누워서 하염없이 천장만 바라보았다.

*

어렸을 때만 해도 우리가 같은 톤의 어둠을 지녔다고 생각했다. 하지만 세월이 흐를수록 가람은 어둠의 농도를 짙게 만든 반면, 나는 어둠을 외면했다. 두꺼운 모포를 만들어서 외부 세계로 어둠이 노출되지 않도록 꽁꽁 싸맸다. 우리는 완전히 다른 갈래의 마이너스형 어른으로 자랐다. 특히 '남자' 또는 '사랑'이라는 함숫값이 적용됐을 때, 우리가 발산하는 어둠은 색채와 질감 면에서 확연한 차이가 드러났다.

가람은 사랑하는 남자라면 빚을 내서라도 망설임 없이 5천만 원이나 되는 거금을 쾌척할 수 있었다. 나는 아무리 사랑해도 단돈 5천 원조차 손해 보기 싫었다. 세진의 유료 콘텐츠 금액이 수수료 떼고 딱 5천 원이었다. 기대하고 구매했는데 재생 시간이 비교적 짧고, '팅글'도 전혀 느껴지지 않으며, 전반적인 사운드의 퀄리티가 실망스러운 적도 있었다. 그럴 때면 악플을 달고 싶었다. 이거 완전 구리니까 섣불리 구매해서 5천 원 손해보지 마시라고. 다른 구독자들을 향해 충고하고 싶었지만, 송사분쟁에 휘말리는 것이 겁이 나서 참았다. 대신 괘씸죄를 적용하여 한 달 동안 유료 결제를 하지 않았다. 세진을 향한 징벌의 행위였다.

누가 낫네 아니네, 할 것도 없었다. 현실 남자와 교류하지 않아서 특별한 사건 사고가 일어나지 않는 나의 평온한 일상이 좋았지만 가람의 입장에선 똑같은 이유로 나를 답답해할지도 몰랐다.

가람은 삶 전체를 담보로 하는, 위험을 무릅쓴 연애를 할 때마다 살아 있음을 느끼는지도 몰랐다. 치부를 닦아줄 수 있는 자신이 자랑스러우므로 오물 묻은 남자들에게만 끌리는 걸지도.

그래도 5천만 원은 진짜 아닌 것 같았다. 가람이 회당 출연료 2억을 받는 탑급 배우라면 5천만 원이야 껌값이겠지. 하지만 가람의 직업은 배우도 아니고, 사회적 위치도 탑급이 아니었다. 미래에도 그렇게 될 가능성은 열려 있지 않았다. 복권이라도 덜컥 당첨된다면 몰라도 말이다. 가람은 현재 9급 일반행정직 공무원으로 지역 주민센터에서 민원 업무를 담당하고 있다. 9급 일반행정직 공무원의 평균 연봉은……. 말을 아끼겠다.

나는 자포자기의 심정으로 바닥에 드러누웠다. 다 마신 맥주캔을 우그러뜨리며 중얼거렸다.

"남자가 그렇게 좋은가?"

딱히 대답을 바라고 한 말은 아니었는데, 가람이 말했다.

"인간적인 걸로 따지면, 여자가 더 좋지……."

"그럼 여자를 한번 만나봐."

"여자를 만나도 비슷한 사랑에 빠질걸……."

나는 깊은 한숨을 쉬고 가람을 등진 채 돌아누웠다. 그러자 가람이 내 쪽을 향해 눕는 것이 느껴졌다. 돌아보지 않아도 등 너머의 기운으로 알아차렸다. 가람이 말했다.

"왤까. 남자의 단단한 가슴에 안겨 머리를 기대고 있으면 이루 말할 수 없는 안정감이 느껴져."

나 역시 남자 목소리나 들으면서 하루를 흘려보내는 한심한 처지이기 때문에 가람의 발언을 비난하고 싶은 마음은 들지 않았다. 그런데 가람아,

너 그거 아니? 남자의 목소리를 듣는 것만으로도 품에 푹 안겨 있는 기분을 느낄 수 있단다. 옷자락이 스치고, 침대의 스프링이 삐걱거리고, 이불이 바스락거리는 소리를 듣는 것만으로도 그이 가슴의 단단함이 느껴지고 이루 말할 수 없는 안정감이 생긴다면? 눈을 감고 네가 바라는 최고의 포옹 형태를 상상해봐. 서로 얼굴을 마주 보며 안기고 싶어? 옆으로 안기고 싶어? 백허그는 어때? 네가 알고 있는 모든 포옹의 자세로 안겨봐도 좋아. 상상 속에서라면 얼마든지 가능한 일이야. 나는 전하고 싶은 말들을 속으로 삼킨 채, 가람이 하는 말을 계속 들었다.

"지나, 너는 왜 남자 안 만나? 너도 연애 안 한 지 꽤 된 것 같아."

내가 고막 남자친구와 함께한 시간이 4년 가까이 됐다는 사실을 가람은 모른다. 다즐링에서 온 왕자 말고는 아무도 모른다. 앞으로도 철저히 비밀에 부칠 작정이다. 내게 모든 걸 오픈하는 가람에게는 미안했지만 나는 태연자약하게 말했다.

"현실 남자에게는 이제 아무 감정 없음. 사랑 없음. 이해 없음. 의미 없음."

실제로 세진의 목소리 외에 현실 남자란 내게 있어 출퇴근길에 마주치는 거리의 비둘기들과 다를 바 없었다. 행동반경 10미터 안에서 어슬렁거리면 눈살이 찌푸려진다. 발견하는 즉시 저 멀리 돌아서 간다. 비둘기가 아무런 전조도 없이 날개를 푸드덕거리면 나는 그 자리에서 온몸이 굳어버린다. 겁에 질려 머리를 감싼 채 몸을 한껏 움츠러뜨린다.

"너야말로 여자를 한번 만나봐."

되로 주고 말로 받는구나. 하지만 가람은 나의 모순된 실체를 모르고서 하는 말이다. 나는 남자 목소리 하나만으로도 극락 망상에 빠질 수 있으며, 그 망상 속 세계에서 세기의 순애를 펼칠 수 있는 자다. 이런 나야말로 가람보다 더한 고도의 '남미새'일지도 모른다.

더 이상 내 이야기는 하고 싶지 않았다. 목적과 어긋나는 일이다. 나는 사실 가람의 이야기를 들으려고 집으로 부른 거였다. 화제를 전환하려고 과거 이야기를 끄집어냈다.

"네가 좋아했던 남자 중에 수학 선생이 가장 건실했던 것 같아. 비록 유부남이긴 했어도······."

등 뒤에서 서늘한 기운이 느껴졌다. 나는 어깨를 살짝 비틀어서 가람이 누워 있는 쪽을 흘긋 바라봤다. 깊은 생각에 잠긴 모습이었다. 갈증이 났다. 몸을 일으켜 맥주를 한 캔 더 가져왔다. 그러자 가람이 자기도 한 캔 달라고 했다. 가람이 말하기 전에 내 쪽에서 먼저 마시겠냐고 권했어야 했는데. 나는 이런 방면으로는 눈치가 영 없었다. 가람이 맥주를 한 모금 시원하게 마셨다. 그러고는 핸드폰을 한 번 더 살폈다. 성민의 연락을 아직도 기다리는 모양이었다. 가람이 말했다.

"내가 왜 아침마다 선생님 보러 간 줄 알아?"

"아이 데려다주는 모습 지켜보는 게 좋아서?"

내 대답에 가람은 가소롭다는 듯 웃고는 맥주를 더 마셨다. 컵라면을 하나 끓이려고 커피포트에 물을 올렸다. 그사이 가람이 말했다. 아이 데려다주는 날에는 나를 안 건드리더라고. 나는 잠깐 멈칫했지만 충격받은 티를 내지 않으려고 술상 차리는 데 여념없는 척했다. 래핑해둔 연어회와 주먹밥을 가람 앞에 부려놓았다. 가람이 연어회를 집어서 오래 씹다가 삼키더니 말했다.

"날 건드리지 않아서 아침엔 안심이 됐다가도 저녁이 되면 내심 속상하기도 했어."

나는 얼빠진 얼굴로 연어회만 뒤적거렸다. 오늘은 역대급 도파민이 샘솟는 날이로구나. 하지만 이만한 정도의 도파민은 〈궁금한 이야기 Y〉나 〈실화탐사대〉를 통해 에둘러 접했으면 좋겠다. 뭐든지 적당한 것이 좋았다.

"참, 너 이거 본 적 없지? 내가 남친 만날 때마다 늘 가지고 다니는 건데."

그렇게 말하더니 가람은 가방 안에서 틴케이스 상자를 꺼냈다. 상자는 제법 크고 묵직해 보였다. 가람은 상자를 앞에 두고 변죽만 울렸다. 원래는 여러 가지 맛의 쿠키가 들어 있던 상자였다는 둥, 초코쿠키가 가장 맛있었다는 둥, 부산 여행 중에 빈티지숍에서 똑같은 상자를 발견했는데 9만 원에 팔고 있더라는 둥. 중요하지 않은 이야기만 떠벌리며 그 안의 내용물은 보여줄 기미가 없었다. 왜 열어보지 않느냐고 따져 묻자, 주먹밥을 다 먹고 나면 열겠다고 했다. 나는 그 말을 듣자마자 입 안에 있던 주먹밥을 휴지에 싸서 뱉었다.

가람이 비밀 상자를 열었다. 나는 안을 들여다보았다. 저게 다 뭘까. 먼지 뭉치? 실뭉치? 조약돌? 흙? 모래? 조개껍데기의 잔해? 비슷한 듯했지만 가람의 성격상 그것들을 애지중지 모아둘 리 없었다. 정체를 알 수 없는 것들이 제각각 비닐 지퍼백에 싸여 있었다. 가람이 짓궂게 물었다.

"이게 다 뭘 것 같아?"

나는 모르겠다고 대답했다. 가람은 상자를 뒤적거렸다. 신중하게 고민하다가 먼지 뭉치처럼 생긴 내용물이 든 지퍼백 하나를 골라잡았다.

"이건 선생님이 흘린 발꿈치 각질."

갑자기 비위가 팍 상했다. 주먹밥을 삼키지 않고 뱉은 나를 칭찬해주고 싶은 기분이 들었다. 가람은 연이어 또 다른 지퍼백을 집어 들었다. 이번에도 내게 뭘 것 같으냐고 물었다. 나는 고심 끝에 대답했다.

"수학 선생 이빨?"

"아니. 이건 민우가 재채기하다가 튀어나온 편도 결석이야."

민우는 가람이 성인이 된 후 처음으로 사귄 남

자친구의 이름이었다. 그런데 그 남자를 가람의 첫 남자친구로 카운트하는 게 맞는 건지 지금도 잘 모르겠다. 민우는 트위치에서 이런저런 게임 방송을 하는 하꼬 스트리머였다. 그에게 반한 가람은 인정받고 싶었던 나머지 후원금 천만 원을 쐈다. 가람은 큰손 회장님이 되었다. 큰손 회장님은 식사 데이트권을 얻었다. 그들은 저녁 식사를 하기 위해 만남을 가졌다. 그들이 세 번째 데이트를 한 날, 가람은 그에게 하룻밤을 허락했다. 그가 하룻밤을 허락했을지 가람이 하룻밤을 허락했을지 그건 양쪽 모두의 이야기를 들어봐야 알겠지만 결과적으로 그는 가람과 하룻밤을 보낸 뒤 연락이 두절됐다. 그 후 가람은 빚을 갚기 위해 학교를 휴학한 채 알바만 했다.

가람은 이번에는 검은 실뭉치처럼 생긴 것이 든 비닐백을 들어 보였다. 나는 주먹을 꽉 쥐었다. 금방이라도 비닐백 안에 든 것을 향해 펀치를 날릴

기세로 말이다. 이제 가람은 내게 묻지도 않고 멋대로 바닥에 부려놓기 시작했다.

"이건 재성이 머리카락."

재성은 가람의 두 번째 남자친구였다. 가람은 그 남자를 클럽에서 만났다. 그는 자신이 YG 연습생이라고 주장했다. 그리고 부모님의 강한 반대로 지원이 끊겼기 때문에 돈 한푼 없다고 어필했다. 가람은 그의 딱한 처지를 듣고 동거를 시작했다. 월세 보증금 2천만 원은 물론이고 월세 또한 가람의 몫이었다. 그는 가끔씩 생색내고 싶을 때 공과금만 냈다. 따지고 보면 가람의 집이나 다름없던 그곳에 그는 다른 여자를 불러들였다. 음주 가무를 즐기며 추잡스럽게 뒹굴었다. 가람은 그를 몽둥이질하며 내쫓았어야 옳았다. 하지만 가람은 무릎 꿇고 싹싹 비는 그 남자를 용서해줬다. 그러고는 마음에 씻을 수 없는 상처를 입었다. 아득하게 넓은 이 우주에 혼자라는 외로움이 가람을 덮쳤다. 홀로 된 마음을 어디에도 풀 데가 없었다. 슬픔에 잠긴 가람이 고작 생각해낸 것은 맞바람이었다. 가람은 다른 남자를 데려와 집에서 뒹굴었다. 재성은 가람과 바람 상대를 몽둥이질하며 내쫓았다. 가람이 무릎 꿇고 싹싹 빌었지만 용서는 없었다.

가람의 엽기 컬렉션 전시는 계속되었다. 조개껍데기의 잔해처럼 생긴 것은 세 번째 남자친구의 손톱이었다. 그 뒤로도 네 번째 남자친구의 속눈썹, 다섯 번째 남자친구의 배럿나루⋯⋯. 흙인지, 모래인지 착각했던 것은 현재 남자친구인 성민의 코딱지였다. 나는 욕지기가 나서 대놓고 오바이트하는 시늉을 했다.

"이 정도로 헛구역질하면 안 되는데."

가람은 그렇게 말하고는 가방에서 새로운 물건을 꺼냈다. 자세히 보니 무광으로 된 겉면에 금박 알파벳 문자로 티켓북이라 쓰여 있었다. 생김새며, 용도며 어느 모로 보나 기품이 넘치고 고상한 사물이건만. 가람은 이걸 단순 티켓북 용도로 사용하지 않았을 터였다. 이쯤 되자 나는 내용물을 들여다보기가 두려웠다. 아무리 도파민에 뇌가 절여진 나라고 할지라도 이만하면 됐다. 가람을 뜯어말리고 싶었다. 가람은 내 반응을 확인하며 이해하기 힘든 묘한 흥분에 젖어선 멈출 생각이 없어 보였다. 질주하는 적토마였다. 나는 K.O.였고, 녹다운이었다. 가람이 티켓북의 첫 페이지를 펼치는 순간이었다. 공중에서 그 어떤 징후도 없이 무언가가 번쩍, 하고 나타나더니 툭, 하고 떨어져 티켓북 위로 안착했다.

그것은 사람의 입술이었다. 한 덩어리의 입술. 나는 의외로 초연했다. 가람이 두 눈으로 입술을 확인하고 꽥, 소리를 질렀을 때는 내심 안도했다. 내가 미친 게 아니었구나.

입술이 말했다.

"드디어 형체를 얻게 됐구나. 고마워, 제군들."

오만한 말투, 은근히 하대하는 느낌의 단어 사용, 무엇보다 낯선 입술에서 흘러나오는 저 고운 목소리는 세진, 아니 왕자가 분명했다. 왕자에게 움직이는 입술과 혓바닥, 그리고 튼튼한 치아가 생겼다. 하지만 저것의 정체를 도대체 뭐라고 규정해야 할까. 자아는 왕자인데, 목소리는 세진이고 입술은 왕자가 주장했던 것처럼 누군가의 신체 일부를 이용해 발생시킨 듯했다. 끔찍한 혼종이었다.

*

나와 가람은 그 기괴한 신체 일부를 들여다봤다. 왕자는 우쭐거렸다. 이제 증명되지 않았느냐며, 본인은 다즐링에서 온 왕자가 맞다고 강조했다. 그럼에도 나는 여전히 악귀의 장난질일 수도 있다는 의심이 들어서 입술을 향해 남아 있는 팥을 흩뿌렸다. 가람은 벽에 걸려 있던 십자가를 빼 오더니 십자가 끝의 뾰족한 부분을 그 입술 속에 쑤셔 넣으려고 했다. 다급해진 왕자는 가람에게 진정하라고 말한 뒤, 입술을 한번 잘 살펴보라고 설득했다. 아마 아는 사람의 입술일 거라고 말이다.

그것은 마치 사람의 얼굴에서 입 부위만 도려낸 것 같았다. 입술의 주름은 현실감 넘쳤다. 고른 듯하면서도 고르지 않은 치열도 미묘했다. 말할 때마다 입술 사이로 나타나는 혓바닥은 만져보고 싶을 정도로 생동적이었다.

세진의 목소리가 흘러나오는 입술. 만져보고 싶다고, 나는 생각했다. 실행에 옮기지는 않았다. 그러나 가람은 만졌다. 입술, 치아, 잇몸, 혓바닥을 지나서, 손가락을 입안 깊숙한 곳으로 찔러 넣었다. 편도샘 안쪽까지 탐구했다. 왕자가 캑캑거렸다. 가람에게 그만하라고 애원했다. 가람은 관찰을 끝내고는 말했다.

"술이 확 깬다. 이거 민우 입이잖아."

왕자는 가람이 지니고 있던 전 연인의 편도결석을 이용해 입을 복제해낸 것이었다. 가람은 왕자에게 다시 한번 말해보라고 지시했다. 왕자는 윗니로 아랫입술을 질근거리다가 입을 열었다. 못마땅했지만 참아내는 기색이 역력했다.

"신체를 다 모으는 데까지 시간이 꽤 걸릴 줄 알았는데, 이렇게 빨리 구하게 될 줄은 몰랐어. 너희 덕분이야."

왕자가 그 말을 끝내기 무섭게 다시 한번 공중에서 뭔가가 번쩍, 하고 나타나 툭, 하고 떨어졌다. 이번엔 안구였다. 안구는 공교롭게도 내가 좀 전에 물을 가득 따라놓은 유리컵 안으로 들어가 잠겼다.

"뭐야, 이거. 도대체 어떻게 한 거야?"

나는 당황하여 말했다. 가람은 전남친의 입술 형상을 만지고 탐구한 끝에 무서운 마음이 제법 물러난 모양이었다. 부려놓은 비닐 지퍼백들을 유심히 살펴보며 중얼거리기 바빴다.

"신기하다. 편도결석도 멀쩡하고 속눈썹도 그대로 있는데."

진짜 어떻게 된 걸까? 유리컵 속에 든 안구가 검은 눈동자를 우리 쪽으로 도르륵 굴렸다. 입술이 말했다.

"초미세먼지의 움직임이 너희 눈에 보이나?"

인간은 열등하다고 무시하는 것 같아서 기분이 나빴다. 바로 그 인간들의 도움을 받고 다른 몸으로 부활한 주제에 말이다. 가람은 하나씩 형상화 중인 전 연인들의 신체 조각을 경이롭게 바라보며 대답했다.

"아니, 안 보여."

"그럴 줄 알았지. 하지만 내 눈에는 다 보여. 편도결석도, 속눈썹도 마찬가지야. 미세먼지만큼 아주 작은 크기의 세포 일부만 떼어내면 돼. 초미세 분자에서부터 이루어지는 합성이거든."

짧은 시차를 두고 공중에서 신체들이 우후죽

순 나타났다. 현관에 발이 떨어졌다. 그 발이 성큼성큼 걸어오더니 우리 앞에 멈춰 섰다. 코와 귀, 팔과 배가 차례대로 떨어졌다. 심지어 냉장고 안에서도 우지끈, 하고 뒤틀리는 소리가 들렸다. 놀라서 열어보니 야채칸 속에 다리가 접힌 채 꽉 들어찼다.

가람은 우후죽순 나동그라진 신체 조각들을 소중히 주워 와서 사람의 형체대로 맞춰나갔다. 마치 전 연인들과 재회의 시간을 가지기라도 하는 듯했다. 손을 어루만지며 오랜만이야, 하고 인사했다. 귓불을 더듬더니, 곧 그의 귓가에 입술을 가져가 속삭였다. 정말 보고 싶었어. 배를 보고는 얼굴을 파묻고 냄새를 맡았다. 그리운 냄새가 그대로 남아 있네, 말하며 회한에 젖었다. 마침내 하나의 완전한 신체의 형태처럼 퍼즐이 맞춰졌을 때 나는 가람이 그것을 향해 하는 말을 들었다.

"다들 이렇게라도 다시 만나니까 정말 좋다."

가람이 신체들을 사랑스럽고 신중하게 다루는 동안, 왕자는 가람에게 자신이 여기까지 오게 된 사연을 들려주었다. 볼모가 어쩌구, 애시가 저쩌구……. 그러나 가람은 왕자의 사연에 큰 흥미를 두지 않았다. 왕자가 온 행성 이름을 듣더니 피식 웃었다. 그럼 홍차 왕자네, 미적지근하게 반응하고 끝이었다.

가람은 눈앞에 나타난 연인들의 신체에만 몰두했다. 그러더니 손가락을 튕기며 뭔가가 더 있을 거라고 확신했다. 나는 뭐가 더 있는데? 목? 어깨? 하고 물었다. 가람이 손가락으로 티켓북을 가리켰다. 눈살이 절로 찌푸려졌다. 그때 침실에서 쿵쿵쿵쿵, 연속으로 무언가 떨어지는 소리가 들렸다.

나는 집에 굴러다니는 타포린 재질의 장바구니를 던져주며 말했다. 단 한 개라도 내 집에 남지 않도록 싹싹 모아 가져오도록.

가람의 티켓북을 원망 섞인 눈길로 노려봤다.

도대체 저딴 걸 왜 들고 온 거야……. 가람은 남자 친구들이 버리고 간 콘돔들을 주워서 티켓북 안에 모아두었다. 흐물거리는 고무 안에는 가람이 관계를 가진 과거 남자들의 말라비틀어진 정액도 함께 들어 있었다.

침실에서 가람의 신랄한 웃음소리가 들렸다. 뭔가를 발견하긴 했나 보다. 나는 바닥에서 제멋대로 꿈틀거리는 가람의 전 연인들, 아니 이제 왕자의 것이 된 신체들을 지켜보며 이마를 짚었다. 가람이 발그스름하게 홍조 띤 얼굴로 방에서 나왔다. 한쪽 어깨에 짊어진 장바구니가 무거워 보였다. 가람이 장바구니 안에 손을 집어넣고 뒤적거리더니 거무튀튀하고 흉물스럽게 생긴 남자의 생식기를 하나 꺼내 들었다. 나는 기겁했다. 지금 뭐 하는 거냐고 묻자 가람이 장난기 넘치는 투로 말했다.

"왕자도 한 개쯤은 필요하지 않을까? 제일 강직한 걸로 골라주려고."

나는 웃음기가 싹 가신 얼굴로 진지하게 말했다.

"집어넣어. 네가 다 가져가."

그것을 또다시 꺼냈다간 우리의 15년 우정은 여기서 끝이라는 암시를 줄 만큼 단호한 표정을 지었다. 그랬더니 왕자의 의견도 들어봐야 하지 않겠냐고 가람이 따졌다. 언제부터 왕자를 알았다고. 나는 코웃음을 쳤다. 컵 속에 들어 있던 왕자의 눈알이 흔들렸다. 둘 중 누구 편에 붙어야 할지 눈치 보는 것 같았다. 왕자는 선택했다.

"여기 있는 동안 딱히 쓸 일은 없을 것 같으니 그건 가람 씨가 다 가져가는 게 맞는 것 같아……. 내가 주는 선물이라고 생각하고 잘 사용해줘."

왕자의 목소리만 들리던 때보다 더 심란해졌다. 내 집이 가람의 전 연인들로 꽉 찼다. 가람이 사랑했던 눈, 가람이 사랑했던 코, 가람이 사랑했던 입, 가람이 사랑했던 귀, 가람이 사랑했던 손, 가람이 사랑했던 발, 가람이 사랑했던 배. 가람이 사랑했던 팔과 다리, 그리고 가람과 사랑을 나눴던 그 무수한 성기들……. 나는 괴로워져서 자기 세뇌를 했다. 저것은 진짜 신체가 아니다. 사람에게서 가져왔지만, 지금도 가람의 전 연인들은 어딘가에서 사지 멀쩡히 걸어 다니고 있을 것이다. 저것들은 왕자가 편의적으로 만들어낸 가공품에 불과하다.

김이 팍 샜다. 왕자가 신체를 형성하는 데에 내가 일조한 것은 별로 없었다. 굳이 얹어보자면 가람을 집에 초대한 것 정도려나……. 가람이 그런 해괴망측한 것을 들고 오는 바람에 우연히 얻어걸린 것뿐이지만. 도대체 이 꼴이 다 무엇이란 말인가. 나는 왕자가 이런 형태로 변하게 될 줄은 꿈에도 몰랐다. 왕자는 이 꼴을 하고서 어떻게 사랑하는 여자를 찾으러 가겠다는 것인지 모르겠다. 아이돌을 좋아하는 미감을 가진 여자라면 왕자의 행색을 보고 줄행랑을 칠 것 같은데……. 이렇게 조각

난 몸을 하고 2800만 광년 떨어진 자기 행성으로 제대로 돌아갈 수나 있을지……. 의구심이 들었다. 왕자에게 들으라는 듯 말했다.

"이게 맞아?"

왕자도 문제점을 인식하고 있던 모양이었다.

"사실 여기서 한 단계가 더 있긴 해."

한 단계를 더 나아가기에는 현실적인 어려움이 있는지 무엇에든 주저함이 없던 왕자가 이번만큼은 망설이는 눈치였다.

"들어보고 판단할 테니까 일단 말해봐."

왕자는 계속해서 머뭇거렸다. 가람도 이렇게 조각난 신체만으로는 남자 품에 안기기에 역부족이라는 생각이 들었는가 보다. 옆에서 왕자를 부추기기 시작했다.

"그래, 말해봐. 혹시 알아? 우리가 또 도와줄 수 있을지도 모르잖아."

왕자는 어렵게 입을 뗐다.

"체내에서 순환하는 남성의 혈액 5리터가 있으면 신체를 통합할 수 있어."

왕자는 500밀리리터도 아니고 5리터라고 말하고 있었다. 그 말을 듣고도 가람은 그게 가능할 법한 일이라도 된다는 듯 시시콜콜 캐물었다.

"투석 같은 거 아냐?"

왕자는 입술을 씰룩거리다가 말했다.

"뭐, 얼추 비슷하지."

"그럼 혈액원이나 병원 같은 데 가서 몰래 슬쩍 할까?"

가람이 왕자의 손을 덥석 잡더니 계속해서 말했다.

"이 손만 있으면 금방 훔칠 수 있을 것 같은데?"

왕자가 가람에게 붙잡히지 않은 한쪽 손을 좌우로 단호하게 휘저으며 말했다.

"고이는 순간 효과가 없어져. 그리고 내 말을 잘 이해하지 못한 것 같은데, 단 한 사람의 피로만 구성된

5리터여야만 해."

나는 두 사람의 대화에 불쑥 끼어들었다.

"그러니까 우리더러 사람을 죽이라는 거네?"

왕자가 발끈했다.

"그래서 이야기하고 싶지 않았다고. 여기까지만도 고맙게 생각해. 죽이 되든 밥이 되든 이제는 나 혼자 애시를 찾아 나설 작정이었는데 너희가 나더러 말하라고 시켰잖아."

가람은 왕자의 말을 듣더니 그 몸을 하고 가긴 어딜 가냐며 반발했다. 엄밀히 말하면 그 몸의 지분의 상당 부분은 자신에게 있다고 강력하게 주장했다.

나는 대꾸하지 않고 조용히 일어났다. 쓰레기봉투를 가져와서 신체들을 하나씩 주워 담았다. 가람이 뭐 하는 짓이냐고 소리쳤다. 나는 둘 다, 아니 모두 다, 이제는 내 집에서 나가달라고 말한 뒤 하던 일을 계속했다. 내가 입을 들자 왕자가 손과 발과 눈만은 봉투에 넣지 말아달라고 부탁했다. 그래야 제 발로 걸어 나가서 애시도 찾고, 피 5리터도 구할 수 있지 않겠느냐며 사정했다. 세진의 목소리로 간곡하게 부탁하니까 마음이 잠깐 흔들렸다.

그때 가람이 뒤에서 내 어깨를 붙들었다. 가람은 내가 방심한 사이 쓰레기봉투를 빼앗아 갔다. 그러고는 평소 가람답지 않게 똑부러지게 말했다.

"다들 논리적으로 생각해. 홍차 왕자. 지금 이 꼴을 하고 집 밖에 나가면 다른 사람들이 어떻게 생각하겠어? 그리고 지나, 너도 마찬가지야. 이렇게 절단 난 신체를 쓰레기봉투에 담아서 거리에 내다 버리면 무사할 것 같아? 다들 국가 기관을 너무 우습게 여기고 있어."

그러고는 다짐이 선 듯 자신의 핸드폰을 들이밀며 말했다.

"조금만 기다려봐. 준비된 남자가 한 명 있으니까."

*

　지금 우리 집 욕실에는 외간 남자가 손목과 발목을 결박당한 채 쓰러져 있다. 남자는 머리를 세게 맞아 잠깐 정신을 잃었다. 남자의 정체는 가람의 연인, 성민이었다.

　가람은 우리 집에서 다채로운 일을 겪는 동안에도 성민에게 틈틈이 연락을 시도했다. 알다시피 성민은 전화를 받지 않았다. 그래서 가람은 성민의 X 계정을 통해 접근을 꾀했다. 가람은 계정을 새로 만들고 낯선 여자의 가슴 노출 사진을 도용하여 프로필을 꾸몄다. 파트너를 원한다는 글도 몇 개 작성해둔 뒤 성민에게 플러팅 DM을 보냈다. 성민은 바로 걸려들었다. 그때 마침 왕자가 5리터의 피를 구한다고 고백한 참이었다.

　성민은 바로 만나자며 답장을 보냈다. 가람은 성민의 메시지를 확인한 순간 이놈을 왕자의 몸으로 환골탈태시켜야겠다고 결심했다. 가람은 나에게 허락을 구하지도 않고, 우리 집 주소를 성민에게 알려줬다. 그걸로도 모자라 성민에게 내 핸드폰 번호까지 알려주고는 통화하도록 유도했다. 나는 처음에 절대 싫다고 거부했다. 하지만 가람이 애처로운 얼굴로 그럼 내 5천만 원은? 하고 되묻자 마음이 약해졌다. 그럼 겁만 주는 거다? 돈만 돌려받으면 바로 보내주기다? 나는 가람을 불신하면서도 확답을 이끌어냈다. 가람은 분명 내 눈을 똑바로 쳐다보며 알겠다고, 돈만 받아내겠다고 했지만……

성민이 문을 열고 들어오자, 아니나 다를까. 화장실에 잠복해 있던 가람이 프라이팬으로 성민의 뒤통수를 가격했다. 성민은 한방에 기절했다.

외계 왕자를 위해 인신 공양을 하다니……. 심지어 우리 집이 그 범죄의 온상지로 전락하다니. 믿을 수가 없었다. 의식을 잃은 성민을 내려다보며 가람은 말했다.

"사랑하는 사람에게 집착당하는 건 무슨 기분일까?"

얘는 역지사지를 모르는가 보다. 나는 성민의 피멍 든 이마를 보다가 혀를 내두르며 말했다.

"두렵고 무서운 기분이겠지······."

"나는 알고 싶어······. 그게 정말 두렵고 무서운 거라면, 두렵고 무섭다는 사실을 몸소 체험해본 다음 깨닫고 싶어. 드라마나 소설로 배운 가짜 기분 말고 내 진짜 기분을 통해 배우고 싶어. 두렵고 무섭다는 게 대체 뭐야? 나는 누군가의 집착이 두렵지도 않고 무섭지도 않아. 왜냐하면 나는 단 한 번도 사랑하는 사람한테서 집착 같은 걸 받아본 적이 없기 때문이야."

나는 성민이 진짜 죽었을까 봐 겁이 났다. 코에 손가락을 갖다 댔다. 어차피 곧 있으면 죽을 목숨일 텐데 이런 짓이 죄다 무슨 소용이 있겠냐만. 어짰든 천만다행히도 숨은 쉬고 있었다. 가람에게 원망을 섞어 푸념했다.

"몸소 체험하다가 죽어도 집착이니 뭐니 그런 소리가 나올까?"

가람은 물에 탄 수면제를 성민에게 억지로 먹였다. 성민은 쿨럭거리며 의식을 되찾는 듯했으나 그것도 잠시였다. 깊은 무의식의 세계로 빠져들었다. 잘자, 금방 끝날 거야. 가람은 성민에게 그렇게 말하며 짧은 입맞춤을 선물했다. 그러고는 내게 말했다.

"나는 아무에게도 사랑받지 못하고, 관심받지 못하는 삶이 두렵고 무섭다는 걸 알아. 그것만큼은 정말 뼈저리게 알아."

*

일이 엇나가도 한참이나 엇나갔다. 가람은 제

정신이 아닌 게 분명했다. 가람은 폐 안 끼치고 사후 처리는 확실히 하겠다고 호기롭게 말했다. 지금 그게 문제가 아니지 않은가.

내 의사와는 상관없이 피의 제단은 속전속결로 만들어졌다. 가람은 화장실 바닥 전체에 에어캡을 깔았다. 샤워 부스 안쪽에 널브러진 성민을 똑바로 앉혔다. 팬티 한 장만 남겨놓고 옷도 전부 벗겨놓았다. 내가 별말이 없자 가람이 스스로 말했다. 피가 튀면 곤란할 테니까. 옆에서 이 모든 행위를 지켜보던 왕자가 그럴 일은 없다고 단언했다. 그럼 에어캡 깔기 전에 미리 말해주지 그랬냐. 나는 속으로 생각했다.

가람은 곧 완전한 신체를 갖춘 지나간 연인들의 총합을 만나게 될 기대감에 부풀었는지 들뜬 목소리로 왕자에게 말했다.

"자, 이제 슬슬 시작하자."

"지금은 때가 아니야."

왕자가 가람의 마음에 제동을 걸었다.

"왜? 서둘러야 하지 않아?"

"나도 얼른 합체해서 우리 자기를 찾으러 떠나고 싶은 마음이 굴뚝 같지만……. 이게 그러니까……. 해 뜨는 시간에만 가능하거든."

나는 실소가 터져 나왔다. 조금 전까지만 해도 초미세 분자의 합성이 어떻다는 둥, 온갖 똑똑한 척은 다해놓고 이제 와서 주술 의식이었다. 무안한 듯 왕자가 변명을 늘어놓았다.

"태양의 기운 아래에서만 가능한 의식이라."

나는 왕자도, 가람도 원망스러웠다. 이들 때문에 나와 세진의 목소리만 있던 세계가 오염되어버렸다. 왕자를 우리 집에서 내쫓고 싶은 마음 하나로 도움을 주고자 했을 뿐인데, 가람이 개입하면서 감당할 수 없는 큰 시련에 휘말려버렸다.

만약 가람이 원하는 대로 하나가 된 신체를 가지게 되면 나는 견딜 수 없을 것 같았다. 다른 건 어떻든 상관없었다. 가람이 프랑켄슈타인을 가지든, 피노키오를 가지든, 남자 성기를 30개 넘게 보유하게 되든 내 알 바 아니었다. 민우의 입술을 통해 흘러나오는 세진의 목소리가 가장 큰 문제였다.

세진의 목소리가 가람을 향해 사랑해, 라고 속삭인다. 세진의 목소리가 가람을 향해 너 때문에 미치겠다고 말하고, 울며불며 매달리고 집착한다. 그런 상상을 하자 마음이 힘들어졌다.

왕자가 가람에게 신체를 빼앗기지 않고 애시와 함께 무사히 지구를 탈출해도 곤란했다. 왕자는 세진의 목소리로 애시를 설득할 것이다. 사랑한다고. 고향별로 돌아가자고. 왕자는 또 세진의 목소리로 애시에게 울며불며 매달릴 것이다. 너 때문에 힘들다고, 미치겠다고.

나는 결심을 내렸다. 저 목소리가 가람의 것이 되게 놔둘 수 없었다. 왕자는 떠나려면 목소리만큼은 포기해야 할 것이다. 두고 보라지. 왕자의 성대를 도려내는 한이 있더라도 내가 그렇게 만들어 보일 것이다.

앞으로 해가 뜨려면 네 시간 정도 남아 있었다. 가람은 졸린지 눈을 비볐다. 하긴 낮부터 술을 그렇게 마셨으니 졸릴 법도 했다. 내가 말했다.

"눈 좀 붙여."

"성민이 깰까 봐 불안해서……."

"어차피 꽁꽁 묶어놨는데 뭐 어때."

가람은 불안한 모양인지 성민의 곁을 맴돌았다. 그러다 잠을 못 이기고 그 옆에 앉아 무거워진 눈꺼풀을 깜빡거렸다. 가람은 고개가 성민의 어깨 위로 떨어졌다가 다시 정신을 차리는가 하면, 성민의 허벅지 위로 몸을 포개다가 다시 정신을 차렸다. 그 모습을 보니 성민의 의식이 금방이라도 돌아올 것 같았는데, 그러면 내 계획에 차질이 생겼다. 나는 가람에게 노끈을 건네주며 말했다.

"이걸로 네 발목이랑 얘 발목을 같이 묶으면

갑자기 의식을 차려도 대응할 수 있지 않겠어?"

"천잰데?"

가람은 나의 제안대로 성민의 오른쪽 발목과 자신의 왼쪽 발목을 단단히 겹쳐 묶었다. 나는 하나뿐인 이불과 베개마저 가람에게 양보했다. 마음의 평화를 찾은 가람이 곧이어 코를 골기 시작했다. 시험 삼아 가람을 흔들어봤다. 꼼짝도 하지 않았다.

나는 왕자의 입에 재갈을 물렸다. 혹시라도 왕자가 큰 소리를 내서 가람이 깨면 곤란했다. 그런 다음 움직임이 용이한 왕자의 손과 발, 팔과 다리부터 테이프로 꽁꽁 싸맸다. 왕자는 먹먹한 눈으로 내가 하는 짓을 지켜보았다. 컵 안에 들어 있던 그 눈을 꺼내서 쓰레기 봉투 속에 집어 던졌다.

내가 간직한 어둠이 두꺼운 모포를 벗어 던지고 외부 세계에 전면으로 모습이 드러나고 말았다. 한치의 빛도 통과시키지 않을 만큼 시커멓고 막막

한 색채와 축축하고 끈적한 질감을 지닌 그 어둠이 말이다.

내 사랑을 위해서라면 남의 사랑 같은 건 안중에도 없구나. 밑바닥을 마주하는 것도 괴로운 일이었지만 마음을 다잡고 신체 일부들을 쓰레기봉투 속에 마저 집어넣었다.

화장실로 돌아와보니 가람은 세상모르고 자고 있었다. 성민의 미간이 일그러지고 있었다. 입에서 끙끙, 신음도 새어 나오는 것 같았다. 바로 지금이었다. 두 사람의 발목에 묶인 노끈을 조심스럽게 풀었다. 가람은 여전히 깨지 않았다.

나는 성민의 얼굴을 향해 분무기로 물을 분사했다. 성민이 신음하며 깨어났다. 눈을 뜬 성민이 소리를 내려는 듯, 입을 벌리길래 쉿, 하고 코에 검지를 갖다 댔다. 그러고는 옆에서 곤히 자고 있는 가람을 가리켰다. 성민은 눈치가 빨랐다. 나는 성민의 손과 발에 묶인 끈들을 해체했다. 너무 긴장

한 나머지 이마와 콧잔등에 식은땀이 났지만 그 모든 과정을 조용히 처리했다.

성민에게 옷을 건네주었다. 성민은 옷을 받아들더니 고맙습니다, 하고 입 밖으로 내뱉고 말았다. 놀란 성민이 제 입을 틀어막았지만 이미 늦었다. 가람이 발작적으로 눈을 떴다. 성민은 달아나려다가 그만 에어캡이 깔린 바닥 때문에 미끄러지고 말았다. 그 바람에 가람에게 발목을 잡혔다. 하지만 성민은 발길질 한 번으로 무리 없이 가람으로부터 벗어났다. 성민의 발길질 때문에 가람은 세면대에 머리를 찧었다.

가람은 머리를 부여잡고 나를 노려보았다. 어떻게 내게 이럴 수가 있어? 라고 말하려는 것처럼 보였지만, 이내 그런 말을 할 시간이 없다고 판단했는지 현관으로 달려가 신발을 신었다. 그러다가 문득 무언가 떠오른 모양이었다. 신발을 신은 채로 집 안을 성큼성큼 돌아다녔다. 가람은 왕자의 신체가 담겨 있는 쓰레기봉투를 식탁 아래에서 발견했다.

무게가 제법 나갈 텐데도 거뜬히 들고는 다시 집을 나서려고 했다. 나는 돌아선 가람의 등 뒤로 흉물스러운 것이 들어 있는 가방을 던지며 말했다.

"야, 이것도 다 가져가."

가람은 뒤를 돌아 가방을 주우며 나를 보았다. 또 나왔다. 저 표정. 어떻게 내게 이럴 수가 있어? 라고 말하는 듯한. 나는 오히려 선수를 쳤다. 가람에게 따졌다.

"그러는 너는 어떻게 나한테 이럴 수가 있어?"

*

그 뒤로 가람과 성민, 그리고 왕자는 어떻게 됐을까? 내게 무슨 일이 벌어졌던 걸까. 나는 모르겠다. 내가 겪었던 모든 일이 전생의 것처럼 느껴졌다. 한 가지 분명한 사실은, 나는 남자 때문에 얼마 없는 친구를 하나 잃었다는 것이다.

가람에게 연락하지 않았다. 가람도 내게 연락하지 않았다. 시간이 조금 흘러서 궁금함을 못 견딘 나는, 가람이 일하고 있는 주민센터 홈페이지에 들어가 업무 조직도를 살펴봤다. 그곳에 가람의 이름은 없었다. 인사 이동? 아니면 왕자의 신체 합체를 성공시키고 결국 소유하게 된 것일까? 문득 성민이 무사한지 궁금했다. 내게는 성민과 통화한 기록이 남아 있었다. 통화 버튼을 눌렀지만 고객님의 사정으로 연결할 수 없다는 안내음만 들려왔다. 그렇다면 가람도? 나는 거의 반년 만에 가람에게 전화를 걸어보았다. 마찬가지로 착신이 불가하다는 안내음이 들렸다.

사건이 있던 날 가람은 우리 집에서 많은 것을 가져갔지만 그만큼 많은 것을 두고 갔다. 그 목록은 다음과 같다.

가람이 원래 들고 온 가방, 그 안에 들어 있던 틴케이스와 티켓북, 그리고 민우의 입술.

그러니까 세진의 목소리가 새어 나오던 왕자의 입술 말이다. 나는 차마 그것만은 쓰레기봉투에 집어넣지 못했다. 설령 가람이 그날 들고 간 신체들을 하나로 만드는 데 성공했다 하더라도 내가 쥐고 있는 이 입술만큼은, 그리고 내게 더없이 소중했던 세진의 목소리만큼은 가람의 연인들 몸에 이식되지 않았을 것이다.

잠을 자다가도 가람이 두고 간 물건들의 감당할 수 없는 무게에 짓눌리는 밤이 종종 있었다. 그때마다 나는 한밤중에 가방을 들고 집 근처의 공터로 향했다. 그것들을 모두 태워버리려고 몇 번이나 시도했지만. 가람의 과거를 송두리째 없애버리는 것 같아서 못내 괴로워졌다. 한참을 고민하다가 결국 태우지 못한 가방을 그대로 들고 집으로 돌아왔다. 하지만 그것들이 내 집에서 공간을 차지하고 있는 것 또한 영 찜찜했다.

나는 가람의 행방도 알아볼 겸 전 연인들의 흔적—찌꺼기를 가지고 가람의 집으로 향했다. 그 집에는 이미 가람이 아닌 다른 사람이 살고 있었다. 영문을 알 수 없었다.

허탈해진 나는 근처 공원을 정처 없이 배회했고, 걷다가 지쳐 의자에 잠시 앉았다. 그리고 하늘을 올려다보았다. 가람의 가방을 처음으로 열어보았다. 가방 안에는 틴케이스와 티켓북뿐만 아니라 가람의 소지품도 들어 있었다. 태블릿 PC와 지갑, 화장품 파우치 같은……. 내 주머니 안에서 재갈 물린 입을 몰래 꺼냈다. 비록 주변 사람들에게 걸리지 않으려고 손수건으로 기기괴괴한 입술을 꽁꽁 싸맸지만 나름대로 바깥 공기를 쐬게 해주었다. 그날 이후 처음으로 왕자의 입에 물린 재갈도 풀어주었다. 입술에게 물었다.

"다들 어떻게 된 거야?"

입술은 자유를 얻었음에도 방전된 기계처럼 조금도 움직이지 않았다. 굳게 닫힌 입술은 침묵뿐이었다. 여전히 내 집에는 남자 염색체를 가진 신체의 흔적—찌꺼기들이 고스란히 남아 있었으나 이전처럼 새로운 몸의 조각들이 창조되지는 않았다.

가람과 성민은 감쪽같이 사라졌다. 어째서 경찰은 내게 연락하지 않는 거지? 그들과 가장 마지막으로 통화한 사람은 다름 아닌 바로 나였다.

문득 그때 가람이 한 말이 생각났다.

나는 그 누구에게도 사랑받지 못하고, 관심받지 못하는 삶이 두렵고 무섭다는 걸 알아. 그것만큼은 정말 뼈저리게 알아.

입술은 남아 있지만 왕자의 목소리를 더는 들을 수 없다. 지금 내 곁에 가람은 없다. 나는 완벽히 혼자가 됐다.

*

 나는 요즘도 직장 동료들과의 회식 중에 분위기를 싸하게 만드는 언행을 일삼는다. 특히 막내 남직원이 껴 있으면 말실수의 빈도가 더 잦아진다. 행동반경 10미터 안에서 낯선 남자가 어슬렁거리면 얼굴을 구긴다. 병원에 갔는데 남자 의사에게 걸려 진찰을 받으면 증상도 똑똑히 말하지 못하는 답답한 인간이 된다.

 바깥에서 바보짓을 일삼아도, 집으로 돌아오는 길은 언제나 즐겁다. 집에 가면 나의 고막 남자친구가 기다리고 있으니까 말이다. 오늘 오후 근무 중에 세진의 콘텐츠가 업로드됐다는 알림이 떴다. 나는 똥 마려운 강아지처럼 안절부절못하기 시작했다. 화장실에 가서 몰래 후딱 들어버릴까, 그냥? 번민하다가 마음 편히 들으려고 퇴근하기까지 겨우 참았다.

나는 설렘을 안고 도어록 비밀번호를 눌렀다. 나의 보금자리가 막 펼쳐지려는 그때였다. 집 안에서 떠들썩하게 웅성거리던 소리가 갑자기 뚝 하고 멈췄다.

그 자리에 망부석처럼 멈춰 서서 골똘히 생각에 잠겼다. 선반 한편에 놓아둔 가람의 가방에 눈길을 잠깐 주다가, 조심스레 입을 뗐다.

"혹시 왕자야? 아직 못 돌아갔어?"

돌아오는 대답은 없었다. 더 큰 목소리로 말했다.

"일부러 대꾸 안 하는 거야?"

왕자는 대답이 없었다. 나는 혀를 한번 차고 바닥에 스타킹과 외투를 벗어 던졌다. 그런 다음 숨참고 500밀리미터 생수 한 병을 다 마셨다. 오줌을 눴다. 손을 씻었다. 소파로 다이빙했다. 왼쪽 다리는 소파 등받이 위에 올려놓고, 오른쪽 다리는 바닥을 향해 뻗었다. 내일은 반드시 저 흔적—찌꺼기

가방을 버려야겠다고 다짐했다.

이어폰을 귀에 꽂았다. 눈을 감고 귀를 열자 내 방 가득 세진의 고운 숨소리가 퍼진다. 세진이 덮고 있던 이불이 바스락거린다. 세진이 하품을 하며 말한다.

"자기야, 잘 잤어?"

작업 일기

지금은 없는 달달함을 위하여

로맨스 드라마와 영화를 보지 않게 된 건 언제부터였을까. 여자와 여자, 남자와 남자, 여자와 남자……. 어느 시점부터 실제 인간들이 화면 안에서 사랑을 연기하는 모습에 몰입할 수 없게 됐다. 제아무리 선남선녀가 등장해서 세기의 순애보를 보여준다 한들 심장이 반응하지 않았다. 독특한 발상과 전개, 말맛 넘치는 대사, 이야기 자체가 주는 매력이 확실하게 존재하는 영화나 드라마들을 흥미

진진 감상하다가도 갑작스레 키스씬이나 베드씬이 등장하면 나는 심드렁한 얼굴이 되어선 오른쪽을 가리키는 화살표 자판을 광속으로 눌렀다. 10초 앞으로 건너뛰기를 여러 번 감행했다.

예전에는 안 그랬다. 10년 전 무렵까지만 해도 나는 영화 〈러브레터〉(1995)를 보며 오열하는 사람이었다. 〈타이타닉〉(1997)의 자동차 베드씬이 세상에서 제일 야하다고 생각해서 몇 번이나 돌려봤는지 모르겠다. 어느 새벽 〈이터널 선샤인〉(2004)을 보고 나서는 정체 모를 고양감에 휩싸여 방 안을 하릴없이 서성인 적도 있었다. 그랬던 나인데.

'사랑이 무엇인가?'라는 질문을 머릿속에서 떠올릴 때마다 가장 먼저 생각나는 사진 두 장이 있다. 첫 번째는 조악한 양철 로봇 인형이 얼빠진 표정으로 입을 헤벌린 채 앉아 있는 사진이다. 로봇의 어깨 부근에는 말풍선이 하나 떠다녔다. 말풍

선의 규격 따위는 가볍게 무시하며 동그란 선 안과 밖을 자유분방하게 넘나드는 하나의 문장.

사랑? 그게 뭐지? 관절에 기름칠이나 해줘, 형씨.

두 번째 사진도 역시 로봇이 주인공이다. 다큐멘터리 또는 뉴스 영상 속 특정 장면들을 캡처하여 이어 붙인 것 같았는데, 첫 장면은 천체 우주를 배경으로 로봇이 오버랩된다. 이때 로봇의 눈은 총기 넘친다. 마지막 장면은 여자 한 사람이 손을 사용해가며 로봇의 눈동자를 유심히 살핀다. 로봇은 고장 난 것 같다. 눈알을 뒤룩거리는 탓에 검은자보다 흰자의 비율이 압도적으로 많이 보인다. 맹한 얼굴이다. 이렇게 연속된 두 개의 장면에 정황상 들어맞는 자막을 누군가 입혀놓은 듯했다. 자막의 문구는 다음과 같다.

(1) 난 온 우주의 원리를 통달했지만
(2) 끝내 사랑이란 감정을 이해할 순 없었다.

〈러브레터〉를 보며 가슴 아파하던 소녀가 세월이 흐른 지금은 인간들의 사랑을 생각할 때면 로봇 밈이나 떠올리며 실실 쪼갠다. 관절에 기름칠이나 하고 싶은 어른이 됐다.

그런 주제에 당신 같은 작가가 무슨 로맨스 소설을 쓰느냐, 겁도 없이 로맨스 소설의 원고 청탁을 수락했느냐, 의문스러울 법도 하다. 나도 이와 같은 생각을 아예 안 한 것은 아니니까.

사랑 영화와 드라마를 보지 않아도 믿을 만한 구석이 있었다. 사실 나는 순정만화와 로맨스 소설을 엄청나게 읽어댄다. GL, BL, HL을 가리지 않는다. 나는 이쪽 장르를 한번 파기 시작하면 현실 인생이 무너질 정도로 과하게 몰입한다. 성에 눈뜬 중학생 때 처음 읽기 시작했지만⋯⋯. 관절에 기름칠해야 하는 나이가 된 지금까지도 여전히 읽고 있을 줄은 꿈에도 몰랐다. 이것들을 읽느라 리디북스에 갖다 바친 돈이 도대체 얼마인지 모르겠다.

여태까지 사랑 영화와 드라마는 안 본다고 썼으면서. 이 얼마나 모순적인가. 그러나 가만 생각해보면 그렇게 모순적이지도 않다. 개똥이긴 하지만 나름의 논리도 잡혀 있다. 말하자면 나는 실제 살아 움직이는 인간들의 사랑을 보고 느끼는 바가 없을 뿐……. 종이 속에 갇혀 있는 인간들의 사랑 이야기라면 정신을 못 차릴 정도로 좋아하는 셈이다. 내 머릿속에서만 구현 가능한 '로맨스'에는 심장이 반응했다.

이 완벽한 무정형의 상태. 심리적으로 동떨어진 거리감. 앞서와 같은 조건들이 충족되고 난 뒤에야 나는 '사랑'이라는 감정을 온전한 이야기의 형태로 즐길 수 있었다. 로맨스라는 비일상을 말이다. 만일 여기에 조금이라도 현실이 개입될 여지가 있으면 나는 주저하지 않고 이야기 읽기를 중단한다. 이것은 저의 경험담입니다. 멈춤. 제 지인이 겪은 실화입니다. 멈춤.

가족. 우정. 미스터리. SF. 공포. 이 밖에도 로맨스를 제외한 모든 이야기에는 그것이 작가 개인의 경험담이든, 지인이 겪은 실화이든 아무런 관계 없이 잘만 읽었다. 그런데 희한하게 로맨스만큼은 그게 되지 않았다.

로맨스는 가짜라서 좋은 거다. 그렇기에 현실에서 벌어지기 힘들 법한 일일수록, 불가능에 가까운 지고지순한 사랑을 보여줄수록, 그만큼 황홀하고 귀했다. 반면 실제 일상에서는 로맨스가 끼어들 틈이 없었다. 먹고 살기도 힘들고, 팍팍하고……. 바쁘니 귀찮기도 하고……. 돈 버는 일처럼 당장의 생존과 직결되지 않으니 간절함도 없고……. 무엇보다 헤테로 섹슈얼인 내가 현실에서 믿고 사랑할 만한 남자를 찾는 일이란……. 쉽지 않다. 만약 기적적으로 찾았다 해도 마찬가지다. 연애는 머릿속의 로맨스가 아니다. 결혼도 머릿속의 로맨스가 아니다. 삶이고, 현실일 뿐이다.

시리즈의 제목이 '달달북다'인 만큼 가짜로 점철된 달달 로맨스를 기가 막히게 써보자, 다짐하며 이 소설을 구상하기 시작했을 무렵이었다. 오랜만에 동생을 만나 이야기할 기회가 잠깐 생겼다. 그때 동생은 갓 취업하여 어엿한 사회인으로 거듭난 시기였다. 동생이 다니는 회사는 군 단위의 지역적 특성상 동향 출신이 아주 많았다. 같은 초등학교, 같은 중학교, 같은 고등학교……. 그 고향은 내 고향이기도 했다. 나는 말했다.

"회식 한번 하면 동창회나 다름없겠네."

그런 동네였다. 카페나 음식점엘 가도 죄 아는 사람을 만나기 일쑤고, 심지어 카페나 음식점의 사장님조차 열에 아홉은 아는 사람일 때가 비일비재하다. 그러니 앞으로 별다른 이슈가 없다면 정년까지 다니게 될 직장의 동료들도 같은 학교 출신이라는 게 전혀 이상할 것 없었다.

동생의 사수도 같은 고등학교 출신이었다. 동

생하고 사수는 다섯 살 이상 차이가 나기 때문에 학교에서 마주친 적은 없었다. 사수는 나하고도 세 살 이상 차이가 나기 때문에 역시 학교에서의 접점이 없었다. 그런데 사수는 내 구남친과 딱 두 살 차이였기 때문에 그 둘은 함께 학교를 다닌 시기가 있었다. 심지어 교내의 같은 기숙사에서 살기까지 했다고 한다. 동생은 내 구남친의 이름을 아직도 기억하고 있었다. 구남친의 이름을 이제부터 1호라고 하자. 동생은 말했다.

"학교 다닐 때 사수가 1호 오빠를 좋아했대."

어떤 회사 생활을 해야 그런 주제의 이야기가 오고 갈 수 있는지 도무지 모르겠지만, 나는 동생의 사수가 하필이면 1호를 좋아했다는 사실보다 동생의 입에서 '1호 오빠'라는 네 글자가 흘러나온 것에 더 충격을 받고 수치스러워서 꽥 하고 비명을 지르고 말했다.

"설마 나랑 사귀었다고 말했냐?"

"내가 총 맞았냐? 그걸 말하게?"

그렇다면 다행이었다. 하긴, 동생의 사수가 1호 본인이 아닌 것만 해도 천운이었다. 그런 일도 충분히 일어날 수 있는 지역이니까.

생각의 흐름은 참으로 불가해하다. 일상의 흐름도 무시할 수 없다. 동생이 내 구남친을 언급한 이후로 한동안 밤에 잠들 때마다 과거의 연인들이 차례대로 떠올랐다. 1호, 2호, 3호, 4호, 5호……. 평소에 나는 자기 전에 소설 생각을 했다. 지금 쓰고 있는 소설의 다음 장면을 궁리하거나, 언젠가는 쓰게 될 소설의 내용을 상상하거나, 다 쓴 소설에 대한 퇴고 방식을 고민했건만. 느닷없이 미련 뚝뚝 인간이 되어서는 회한에 잠겼다. 1호에게 좀 더 잘해줄걸. 너무 차갑게 돌아섰던 것 같아……. 2호는 지금 생각해도 나빴다. 그래도 그때만큼 사랑에 열정적이었던 때도 없었지…….

3호와는 대체 왜 사귀었을까? 3호는 내 룸메이트의 구남친이었다. 파국의 끝. 그때 걔를 만나지 않았더라면 대학 생활이 한결 편안해졌을 텐데……. 4호는 바람둥이. 그걸 알고도 내가 많이 좋아해서 계속 만났다. 나중엔 나도 덩달아 바람을 폈다. 쓰레기 같은 연애. 5호 때문에 살아생전 처음으로 경찰서를 가봤지. 아! 더는 생각하고 싶지 않군……. 비생산적인 과거 회상을 좀처럼 멈출 수 없었다. (새벽에 구남친 생각을 하면서도 굉장한 자제력으로 '뭐 해?'라는 연락을 하지 않은 게 그나마 다행이라면 다행인 걸까?)

이때부터 무언가가 단단히 잘못 돌아가고 있다는 걸 느꼈다. 밤에 떠오르는 단편적인 생각과 장면들은 내가 낮에 쓰는 소설 속에 알게 모르게 반영되곤 하는데, 이즈음 나는 이 책의 초고를 쓰고 있었다.

야심 찬 계획대로라면 여성향 ASMR 크리에이

터와 사랑에 빠지는 주인공만 가지고 이야기를 꾸려나갈 생각이었다. 그런데 이놈의 주인공이 말을 안 들었다. 크리에이터와 사랑에 빠지기도 부족한 시간에 자꾸만 구남친들을 소환했다. 그것도 나의 현실을 적당히 가공한 구남친들을 말이다.

    로맨스는 현실이어선 안 되는데. 현실이 끼어들고 있었다. 게다가 '달달북다'인데 이야기의 전개도 점점 매콤한 방향으로만 흘러갔다. '달달'은 대체 어딨을까. 아무리 눈을 씻고 찾아봐도 '달달'이라곤 조금도 찾아볼 수 없었다. 이 장면은 마라탕. 이 장면은 엽떡. 이 장면은 닭발……. 나는 소설 쓰기를 잠시 중단했다. 울고 싶었다. 순정만화를 그렇게 많이 읽었는데. 리디북스에 돈 천만 원 쓴 것 같은데. 역시 읽는 것과 실제로 쓰는 것은 많이 달랐다. 인생이 실전인 것처럼 소설 쓰기도 실전이었다. 자괴감에 몸부림치며 편집자 선생님께 마감을 미뤄달라고 읍소했다.

'달달'을 생각하면서도 우선 또 다른 마감을 앞둔 소설부터 썼다. 2024년 연말의 일이다. 그러던 중 내 인생의 변곡점이 될 만한 사건들이 안팎으로 연달아 벌어졌다. 아빠가 중환자실에 입원했고, 며칠 후 계엄령이 선포됐다. 대통령의 첫 번째 탄핵소추안이 부결됐고, 며칠 후 아빠가 돌아가셨다. 이 몇 달간 그 어떤 소설도 쓸 수 없는 나날이 지속되었고 소설에 대해 생각하는 것조차 난망했다. 밤이면 임종 직전의 아빠가 피를 토하던 모습만 계속 떠올랐다. 낮이면 엄마와 함께 행정복지센터에 가서 이런저런 서류를 뗐다. 낮이든 밤이든, 앉아 있든 누워 있든, 자주 그러진 않았지만 아무런 전조도 없이 갑자기 눈물이 주룩 났다. 운다는 감각은 아니었고, 그저 눈물이 볼을 타고 흐른다는 느낌이었다. 당황스러웠다. 엄마는 드라마에서 나오는 가짜 피만 봐도 경기를 일으켰다. 그런 연말을 보냈다.

2025년을 이틀 앞둔 어느 날 아침, 여객기가 조류 충돌 때문에 착륙에 실패하고 공항 활주로를 이탈했다. 많은 사람이 세상을 떠났다. 뉴스를 보는 게 힘들고, 괴롭고, 슬펐다. 우리 가족은 TV를 껐다. 그런 연초를 보냈다.

3월이 되어서야 정신이 돌아왔다. 이것도 자연스레 돌아온 것 같지는 않고, 먹고살려면 일을 해야 하니까 반강제로 의지력을 불러들인 셈이다. 그러고 나서야 할 일이 산더미처럼 쌓였음을 자각했다. 뭐부터 어떻게 손을 대야 할지 가늠이 되지 않았다. 믿을 수가 없어서 달력과 스케줄러를 여러 번 들춰보았다. 그야말로 멘붕. 업보의 강타.

이미 한참 전에 끝냈어야 할 일들. 급한 불들이 활활 타올랐다. 작년 12월의 달력으로 되돌아가서 그때 못 껐던 불들을 하나씩 처리했다. 울면서 꾸역꾸역 해나갔다. 부친상으로 인해 펑크낸 바 있는

장편 연재 소설을 완결시켰다. 그 소설 속에는 만화가가 등장하는데, 그 만화가는 연재 만화를 펑크 낼 수 없어서 외조모상에 참석하지 않았다. 소설은 소설이고 현실은 현실이다. 나는 펑크를 냈다.

또 하나 남은 급한 불이 바로 '달달북다'였다. 이것도 예정대로라면 4월에 출간됐어야 하는 책인데……. 나는 지금 이 작업 일기를 4월의 마지막 날 쓰고 있다. 진짜 노답 인간. 얼마나 많은 분에게 민폐를 끼쳤는지 가늠조차 되지 않는다.

다시 소설 이야기로 돌아가자면, 12월에 쓰다가 멈춘 초고를 고통스럽게 들여다보며 전면 수정 작업을 거쳤다. '나'만 있던 이야기에 '가람'이라는 친구를 데려왔다. 구남친에 관한 이야기는 가람에게 몰아주기로 했다. 집착적 면모가 뚜렷한 가람을 등장시키자 구남친을 활용한 이런저런 에피소드가 떠올랐다. 구남친들에 대한 사랑이 여전히 각각 남아 있어서 그 모든 사랑을 품는 사람도 있지 않을까? 그런 사람이라면 아마 애인이 무심히 버리고 간 손톱 조각, 휴지에 뱉은 가래침 등등을 추억이라 생각하며 고이 간직할 것만 같았다. 그리고 어느 날 갑자기 구남친들의 신체가 합체될 수 있다면 가람은 무슨 일까지 벌일 수 있을까? 이 질문을 품고 이야기의 한 축을 써나갔다.

그런 뒤 소설 속 '나'는 오로지 목소리만 사랑하는 인물로 설정했다. 이렇게 '나'의 일부를 가람으로 분리해놓으니 소설을 쓰기가 한층 수월해졌다. 여전히 여성향 ASMR에 대해서는 잘 모르겠는 부분이 많이 남아 있어서 시험 삼아 몇 개 들어보기도 했다. 도대체 이게 여성향인지 남성향인지……. 이 남정네들이 읊는 대사라는 것이 여성의 욕정을 일깨우고자 만든 게 맞는지, 제 사리사욕을 채우려고 만든 게 아닌지, 의문이 가는 콘텐츠들이 대부분이긴 했다. 그래도 인내심을 가지고 잘 찾다 보니 진흙 속의 진주도 발견할 수 있었다.

그러나 나는 여성향 ASMR 자체보다는 목소리만으로도 성적 욕망이 충족되는 여자의 마음은 무엇일까, 라는 것에 더 집중하고 싶었다. 그래서 ASMR을 듣기보다는 주로 그 아래에 달린 댓글들, 특히 조회 수와 추천 수가 많은 콘텐츠의 댓글들을 하나하나 읽는 것에 더 많은 시간을 보냈다. 이 부분이 내게는 신세계였다. 이런 욕망을 품는구나, 더 센 걸 원하는 사람도 있구나, 이걸 듣고 나서 어떤 몸 상태가 되었는지 표현하는 것에 거침이 없구나……. 그래서 재밌었다.

이 배포 큰 여자들의 이야기를 소설로 전부 담아내기엔 나의 그릇이 간장 종지만 했지만 말이다. 아쉬움이 많이 있다. 언젠가 여성향 ASMR에 관한 소설을 더욱 섬세하게 다시 써보고 싶은 마음이다.

힘든 일을 떨쳐내는 데는 다들 시간이 약이라고 하지 않는가. 마음을 비우고, 무념무상인 채 소설을 쓰면서 시간을 보내도록 하자. 그럼 소설도 완성하고 시간도 흐르겠지. 이거 진짜 일석이조잖아? 나는 시간이 얼른 지나가길 바라면서 소설을 썼다. 그러자 시간은 정말 빨리 지나갔다. 그런데 생각 없이 소설을 쓸 순 없어서, 이 소설을 쓰면서 자꾸만 헛웃음이 났다. 황당무계한 연애 사건들이 연이어 일어나는 소설의 문장을 써내려가면서도 현실의 여러 가지 일들이 생각났기 때문이다. 이게 맞아? 로맨스라니? 사랑과 연애라니? 내 마음은 지금 이렇게 황폐하고 가난한데.

쓰는 사람에게도, 그리고 읽는 사람에게도 못할 짓이라는 생각이 들었다. 부모가 죽었는데 사람을 웃겨야 하는 코미디언의 심정이 아마 이와 비슷하려나.

내가 쓰는 소설의 스타일 탓도 있겠지만 가짜로 이야기를 꾸며내는 일과 진짜로 감당해야 하는 삶 사이의 간극 때문에 괴로움이 컸다. 내게는 스

위치의 on / off 전환을 능히 매끄럽게 해내는 힘이 필요했다. 소설을 읽고 쓰는 일도 중요하겠지만 앞으로는 이 간극 때문에 덜 괴로워하는 법을 익혀야 할 것 같다. 그 연습을 꾸준히 해나가야지. 누군가 방법을 알고 있다면 저에게 알려주세요.

환상과 현실. 비일상과 일상. 소설 쓰는 일과 소설 쓰는 동안 벌어지는 그 밖의 모든 일.

내가 소설 쓰기를 그만두지 않고 살아가는 한 계속 끌어안고 가야 할 문제인 것 같다. 그런 예감이 든다.

애정망상

초판 1쇄 발행 2025년 5월 19일

지은이 권혜영

펴낸이 허정도
편집장 박윤희
책임편집 정수향
마케팅 신대섭 김수연 배태욱 김하은 이영조
제작 조화연
2차 저작권 문의 류영호 안희주 문주영

펴낸곳 주식회사 교보문고
등록 제406-2008-000090호(2008년 12월 5일)
주소 경기도 파주시 문발로 249(10881)
전화 대표전화 1544-1900 주문 02)3156-3665 팩스 0502)987-5725

ISBN 979-11-7061-257-5 (04810)
       979-11-7061-151-6 (세트)
책값은 표지에 있습니다.

• 이 책의 내용에 대한 재사용은 저작권자와 교보문고의 서면 동의를 받아야만 가능합니다.
• 잘못된 책은 구입하신 곳에서 바꾸어 드립니다.
• '북다'는 문학을 기반으로 다양하게 변주된 책을 선보이는 종합 출판 브랜드입니다.